ET LES REGRETS AUSSI...

Michèle Matteau

Et les regrets aussi...

Roman

Collection « Vertiges »

Les Éditions
L'Interligne

Catalogage avant publication de Bibliothèque et Archives Canada

Matteau, Michèle, 1944-
    Et les regrets aussi... / Michèle Matteau.

(«Vertiges»)
ISBN-13 : 978-2-923274-15-7
ISBN-10 : 2-923274-15-6

    I. Titre. II. Collection : Vertiges (Ottawa, Ont.)

PS8576.A8294E8 2006   C843'.6   C2006-905192-5

Les Éditions L'Interligne bénéficient de l'appui financier du Conseil des Arts
du Canada, de la Ville d'Ottawa et du Conseil des arts de l'Ontario. Nous
reconnaissons l'aide financière du gouvernement du Canada par l'entremise du
Programme d'aide au développement de l'industrie de l'édition (PADIÉ) pour
nos activités d'édition.

L'auteure remercie le Conseil des arts de l'Ontario pour l'aide financière
octroyée en vue de la rédaction de ce roman.

Les Éditions L'Interligne
261, chemin de Montréal, bureau 306
Ottawa (Ontario) K1L 8C7
Tél. : 613-748-0850 / Téléc. : 613-748-0852
Site Web : www.interligne.ca

Directrice de la collection «Vertiges» : Nicole Bourbonnais
Illustration de la couverture : Lorraine Matteau
Conception de la couverture et mise en pages : Arash Mohtashami-Maali
Correction des épreuves : Andrée Thouin
Distribution : Diffusion Prologue inc.

ISBN-10 : 2-923274-15-6

QUOI QUE SA VANITÉ TENTE DE LUI FAIRE CROIRE, un auteur, seul, ne peut faire en sorte qu'un manuscrit devienne un livre. Je tiens à remercier pour leur contribution : Guy ARCHAMBAULT, Gaston CHALIFOUX, Daniel LANGEVIN et Blandine TOUSIGNANT, lecteurs de la première version, pour leur commentaires, et Maurice VALAUDE, délégué départemental de Météo-France Pyrénées orientales, pour ses informations sur le climat du Roussillon.

À Vallon,
pour le théâtre

À Paulette,
pour le Roussillon

Les feuilles mortes se ramassent à la pelle,
Les souvenirs et les regrets aussi…

Jacques PRÉVERT

La vérité d'un homme,
c'est d'abord ce qu'il cache.

André MALRAUX

1.

Jamais, de mémoire humaine, le froid n'avait sévi en ces lieux avec autant d'âpreté. Jamais, dans ce coin de France où la vie avait coutume de revêtir sa robe légère même au cœur de décembre, n'avait soufflé une telle bise.

Depuis de longs jours, les volets restaient clos, les âtres rugissaient et les ceps se tordaient sous la morsure d'une tramontane déchaînée.

C'était, ce jour-là, un cruel anniversaire pour Francis Casals. Une date déchirante au calendrier de sa vie, une journée qu'il redoutait depuis son arrivée à Roquambour. Depuis le lever du jour, il s'activait donc avec acharnement pour ne pas se laisser assaillir par le passé.

Il avait fait des provisions à la ville, puis il s'était arrêté à Majou d'où il avait rapporté du tabac et le journal. Après avoir rempli le mini-frigo, il avait nettoyé à fond sa petite cuisine, puis il était allé chercher une brassée de fagots dans la salle du bas, celle qui ouvrait sur la place du hameau.

Francis s'était rapidement rendu compte que ce va-et-vient ne suffisait nullement à le tenir à l'abri de ses angoisses : il avait besoin de se remuer, de s'agiter. Il avait mis de l'ordre dans la pièce exiguë qui lui servait de séjour. Il avait classé les CD qui s'empilaient depuis six semaines, pêle-mêle, près du lecteur ; il avait ramassé les livres qui jonchaient la causeuse bancale et les avait rangés sur les rayons de l'étagère. Il avait ensuite fait le tri dans les magazines et les papiers de toutes sortes qui occupaient la moitié de la table. À l'étage, dans sa chambre étroite, il avait secoué les oreillers, tiré soigneusement les draps et remis l'édredon en place sur le lit. Après avoir jeté un coup d'œil furtif à la seconde chambrette, il avait prestement refermé la porte sur ses allures de débarras.

Ces occupations banales, Francis en ressentait l'urgence : il lui fallait survivre aux heures qui s'annonçaient.

La faim se fit sentir. Il coupa quelques tranches de saucisson et les mastiqua machinalement devant la porte-fenêtre qui donnait sur la terrasse. Au bout de son regard, le sommet du Canigou s'estompait presque sous l'épaisseur des nuages. La grisaille du jour se répandait comme une eau glauque sur les ruines de l'ermitage qui surplombait la vallée et le hameau, là où finissait une route tortueuse.

Francis restait pensif, profondément troublé par la vue de ce perchoir rocheux d'où son imaginaire prenait autrefois son envol. Tant de souvenirs d'enfance flottaient au-dessus de cet enclos millénaire ! Le sexagénaire qu'il était devenu se coula lentement dans l'unique fauteuil de la pièce, seul avec sa nostalgie.

Le journal ne parlait que de la vague de froid qui sévissait sur la région. Ici, un météorologue se perdait en explications scientifiques et le journaliste, égaré lui-même dans les méandres des fronts froids et des pressions barométriques fluctuantes, admirait béatement ce qu'il appelait la clarté cartésienne des propos du savant… Plus loin, un clairvoyant réputé pour avoir prédit la mort imminente de Jeanne Calment dès son 120e anniversaire expliquait la période prolongée de froid qui traversait le sud de la France par le passage de Saturne dans un signe hivernal en semi-carré d'un Uranus désemparé. Il fallait y penser ! Francis grimaçait devant ces explications coincées entre l'absurdité et l'insignifiance. Ailleurs, un essayiste inconnu trouvait la tribune rêvée pour émettre ses foudroyantes hypothèses climatiques; un autre, d'une créativité plus louvoyante, renchérissait par des prophéties apocalyptiques qui se nourrissaient aussi bien de l'effet de serre que d'énigmatiques quatrains de Nostradamus. Sur le plancher des vignes, plus pragmatiques, les vignerons s'inquiétaient pour leurs ceps, les villageois pour leurs jardins d'hiver et les vieilles pour leurs chats.

Francis se versa un verre. Dans la lumière avare, il observa la robe de ce vin de pays au rouge un peu briqué. D'un geste bien rodé, il fit tourner le sombre liquide jusqu'à ce que montât à ses narines une franche odeur de sous-bois. Puis, après avoir gardé longtemps en bouche la gorgée de terroir, il s'abandonna à la rêverie.

Les minutes s'émiettaient. Fragiles. Friables.

Peu après midi, Madeleine et Jacques Dalvergne se pointèrent. Le couple, qui habitait à deux maisons de chez Francis, avait soudainement décidé de fuir vers l'Espagne, espérant trouver là-bas un temps plus clément. Pressés de prendre la route, ils avaient refusé le verre de l'amitié.

Francis se retrouva seul avec son journal replié et ses pensées qui s'assombrissaient au rythme de la lumière. Le vent faisait vibrer les carreaux. Francis, frissonnant, s'enroula dans la couverture élimée qui traînait sur la causeuse.

L'arrivée de Berthe Sabaté l'arracha à l'apaisante somnolence qui allait l'envahir. Elle aussi quittait Roquambour. Sa sœur l'attendait à Carcassonne pour le réveillon. La demoiselle s'attarda un peu puis remit à Francis, avec une boîte de nougats, la clé de sa demeure pour qu'il nourrisse son chat durant son absence.

Étrangement, ces visites eurent l'heur de rassurer un peu Francis: dans le hameau battu par le froid et le vent de décembre, il avait dorénavant un rôle à jouer. Et, c'était tapi dans un rôle à interpréter que Francis Casals savait le mieux se cacher. Lui et les remords qui le rongeaient.

De nouvelles bourrasques frappèrent avec vigueur aux fenêtres. L'air glacé s'infiltrait audacieusement entre les battants de la porte-fenêtre. Francis referma sur elle les tentures poussiéreuses. Mais, bientôt, force lui fut de constater que cela ne réchauffait en rien le logis. Il mit du bois dans l'âtre et alluma un feu. Des images brouillées de son enfance l'enveloppèrent.

Le passé l'assaillait. D'autres nuits d'hiver, d'autres veilles de Noël surgissaient de sa mémoire.

1942. La guerre. La France se perd et ses hommes avec elle. Sa mère a dû fuir Perpignan pour échapper à la honte qui s'abat sur elle. À Roquambour, dans l'ancienne maison de ses grands-parents, Gervaise a trouvé refuge avec son enfant. Elle y attend le retour du père de Francis.

Blotti contre sa mère devant l'âtre où le bois crépite, l'enfant écoute la voix mélodieuse qui le rassure.

La chaleur se répandait enfin dans la pièce. Laborieusement, elle finit par chasser le froid et l'humidité. Francis se leva et marcha jusqu'au fond du séjour. Planté devant la fenêtre percée en meurtrière, il observa le vallon. La route serpentait, de lacet en lacet, vers le village de Majou dont les toits orangés ondulaient en contrebas.

Dans une boucle du chemin, bougeait un point sombre. Francis crut reconnaître l'homme qui dormait à l'ermitage depuis une dizaine de jours, celui que les villageois saluaient en silence d'un geste furtif et qu'ils appelaient « Berger ».

Francis suivit des yeux, aussi longtemps qu'il le put, le mystérieux personnage qui descendait d'un pas vif et ferme vers Majou, pointeur noir sur l'écran d'asphalte.

2.

FRANCIS AVAIT EU BESOIN D'AIR.
Debout devant le bassin vide de la fontaine, le dos droit, les épaules solides, son épaisse chevelure livrée au vent affolé, il scruta le décor médiéval qui l'encerclait. Une masse de pierre abîmée par l'usure des siècles et l'assaut brutal de la tramontane. Neuf maisons étroites soudées les unes aux autres pour faire croire à des fortifications.

Francis examina minutieusement chacune d'elles en laissant glisser son regard bleu sur leur façade jusqu'à ce que la courbure du cercle s'arrêtât aux murs croulants de la bergerie. C'était là que s'annihilait la modeste enceinte de Roquambour, bastide agrippée aux flancs d'une colline du Roussillon.

Cette maison de Roquambour, décrépite, dédaignée par les parents de sa mère, c'est la grotte protectrice où, seul avec elle, Francis s'émerveille de leur bonheur à deux. De l'écho de la guerre, de la peur, des privations, il ne sait rien. La vie, pour lui, c'est la tendresse de Gervaise, les jeux avec son ami Lucien et la voix maternelle qui, chaque soir, raconte les exploits guerriers d'un inconnu qu'il appelle son père.

Pierre Ramadou. Amoureux fou de Gervaise, il jure que sans cette saleté de guerre, il l'épouserait sur-le-champ. La jeune femme n'a que le temps de croire à ses promesses. Ils vont, un *dimanche plein de soleil et d'espoir, s'aimer dans la mansarde que loue Pierre dans le vieux Perpignan.*

Pierre disparaît. Le soir même. Gervaise est sans nouvelles. La rumeur court colportant des mots qui heurtent ou angoissent : déserteur, résistant, prisonnier.

Qui dit la vérité ?

Gervaise se fait la vestale du culte de l'attente. Elle a instauré des rites et s'y soumet avec constance. Elle a mis, bien en évidence, sur le mur près de la table, l'unique photo qu'elle possède de Pierre. Il est beau. Son regard est clair sous les mèches de jais. Aux lèvres, il affiche un rictus qui tente de se faire sourire.

À Francis, elle parle sans cesse de l'absent. De la fierté qu'il ressentira en prenant son fils dans ses bras, des promenades qu'ils feront ensemble à son retour et de sa bravoure présente, quelque part, dans cette Europe ravagée par la haine et la violence. Francis doit manger sa soupe et ses rutabagas pour devenir fort comme l'homme de la photo.

Obéissant, le petit garçon grandit dans l'attente du père promis.

Les cheveux de Francis agitèrent leur blancheur lumineuse dans le décor vétuste de Roquambour. Sur la petite place coiffée de nuages d'étain, la haute et fière silhouette du comédien sembla tout à coup s'être fragilisée. Ses gestes habituellement amples s'étaient rétrécis, recroquevillés. Pétales figés dans l'hiver glacial.

La guerre est finie ! Gervaise porte comme un étendard l'espoir de voir Pierre Ramadou paraître dans sa gloire sur la place de Roquambour. Elle ne vit, ne vibre que pour le retour de l'amant prodigue. Elle croit plus intensément que jamais au rêve merveilleux tissé au fil des ans dans la solitude et l'angoisse. Tant de miracles se produisent chaque jour, chaque mois. Tant de retrouvailles inespérées éclairent le cœur des vieilles gares du pays. Pierre arrivera bientôt, à Perpignan ou ailleurs. Il trouvera le lieu de leur refuge.

Les jours deviennent des mois et les mois, des années. Malgré l'attente trompée, l'espoir semble encore animer Gervaise.

Un soir, brusquement, elle perd la foi : Pierre Ramadou est mort, apprend-elle à Francis. L'enfant ressent un vide immense. Il gémit chaque fois que les yeux rougis de Gervaise se tournent vers lui. Puis, il s'habitue à l'absence définitive qui ressemble tant à l'absence temporaire !

Au matin de ses cinq ans, Francis peut prononcer sans pleurer le verdict de la vie : « Mon père est mort. »

La bise siffla dans l'aigu. Sa lame fine pénétra Francis jusqu'à l'âme. Le corps brisé par les secousses du vent qui s'engouffrait dans le hameau désert, il s'assit lourdement sur le bord du bassin, voyageur épuisé par une trop longue marche…

Au tournant des années cinquante, le hameau de Roquambour ne compte que onze habitants. Des vieillards pour la plupart, qui ne veulent pas quitter le hameau. Sous le masque noir de la débâcle ou sous celui lumineux de la victoire, la vie ne les atteint plus vraiment.

Et il y a Lucien. Lui et Francis ont le même âge…

Gervaise travaille au village, chez le boulanger. L'on s'attendrit sur le sort de Francis, qu'on cajole avec un sourire de compassion. Lucien aussi est orphelin. Son père est mort de tuberculose. Sa mère de chagrin… avec l'aide décisive d'une bouteille de cachets. Lucien a été confié à ses grands-parents Couston.

Les deux gamins sont inséparables. On ne voit jamais l'un sans l'autre. On les nomme « les Siamois ». Selon la saison, ils ramassent des fagots pour les vieux, grappillent dans les vignes ou cueillent du thym sauvage pour Gervaise.

Écoliers, ils descendent à Majou, chaque matin et, l'après-midi, ils en rapportent le courrier, parfois des provisions pour leurs familles ou les voisins. Ils franchissent vaillamment les deux kilomètres de lacets qui montent à Roquambour.

Les jours de vacances, ils grimpent à l'ermitage. Là-haut, entre les murs à moitié écroulés, ils imaginent des combats téméraires contre un envahisseur barbare, tendent des pièges à des voleurs de grands chemins, et donnent vie à des romans de cape et d'épée. Marins téméraires, ils s'offrent des nefs incandescentes pour voguer vers d'improbables Amériques. Dans l'enceinte du passé, ces Petits Poucets sèment leurs rêves d'avenir: ils quitteront, un jour, le hameau qui les enserre dans la rigidité de ses pierres, ils marcheront en conquistadors vers leur Eldorado.

Les années courent. À la bibliothèque du village, ils empruntent maintenant des romans de Paul Féval, d'Alexandre Dumas, de Jules Verne. Lucien en fait répéter des extraits à Francis qui les mémorise avec une incroyable facilité. Chantres exaltés de tous les sésames, ils jonglent avec les mots. Entre les piliers du promenoir, ils déclament, s'exclament et font éclater sur la pierre nue des phrases tonitruantes.

Ils ont 12 ans et toute la vie devant eux.

3.

L<small>E CIEL FIT GLISSER SON REFLET BLAFARD</small> entre les arbres tordus de la montagne. L'après-midi allait s'éteindre. Le feu mourait dans la cheminée. Francis somnolait.

Une bourrasque l'éveilla.

Il se sentit perdu. Angoissé.

L'œil hagard, il regarda autour de lui pour se rassurer. Mais le sentiment d'étrangeté persistait. Il avait dû rêver. Il prit de profondes respirations comme il avait coutume de le faire pour contrôler son trac avant l'entrée en scène…

Un tel temps, ici, à Roquambour ?

L'hiver s'était trompé de pays : ce froid cru, perçant, humide, c'était celui d'Ottawa.

Ottawa ! Ottawa à la veille de Noël ! La colline du Parlement essaimée de lumières, les pas des piétons incrustés dans la neige, les patineurs valsant sur le canal glacé, la rue Nicholls alourdie de blancheur, la porte du 345 avec la couronne de ronces tressée par Marie…

Marie !

Marie l'attend après les représentations. Marie l'accueille après les tournages. Marie lui tend les bras en silence quelle que soit l'heure ou l'odeur qu'il transporte avec lui. Marie !

Marie, inséparable de Sophie !

Sophie à trois mois : rose et gourmande. Sophie à quatre ans : séductrice et câline. Sophie à 15 ans : adolescente rebelle.

Il y avait plus de huit mois maintenant que Marie s'en était allée ! Marie. Sophie. Les femmes de sa vie. Unies à jamais. Contre lui.

Et leurs ombres le poursuivaient jusqu'ici, à Roquambour, où il s'était naïvement cru à l'abri.

Où lui faudrait-il donc fuir pour échapper au passé ?

Octobre dernier. Il revient d'un tournage dans les îles de Toronto. La grande maison d'Ottawa lui apparaît plus sinistre, plus lugubre que jamais. Il passe lentement, de pièce en pièce, étranger chez lui. Il a quitté ces lieux depuis si longtemps… Dans une autre vie. Pourtant, le tournage du film n'a duré qu'un mois !

De la maison propre et rangée, la vie s'est retirée. Un cimetière où Francis se heurte à ses fantômes. La femme de ménage a arrosé assidûment les plantes du vivoir, mais elle a bêtement laissé les tentures closes ! Les violettes et la fougère pourries crient que Marie est morte un peu plus encore.

Le temps s'est aussi arrêté à l'étage. La chambre de Sophie attend toujours l'adolescente : les livres restent ouverts sur la table de travail, un T-shirt sali et un jean délavé savamment fendu aux genoux s'enroulent sur une chaise. La robe élégante du dernier soir guette inutilement un retour. Sur le lit, le vieux teddy éborgné se désole.

Francis hésite à la porte de la chambre qui a été la sienne et celle de Marie. Il a été forcé, un jour, de s'en éloigner… Il ne se sent pas encore la force d'y revenir. Il le faudra bien pourtant. Il faudra bien cesser un jour de fuir !

Un jour ? Sûrement ! Pas maintenant. Pas ce soir. Il se sent trop las, trop seul. Une fois de plus, c'est dans la chambre d'amis que Francis dépose ses bagages.

Au vivoir, il s'enfonce dans le fauteuil de cuir et plonge dans ses pensées. Il a cru qu'en se jetant à corps perdu dans le travail, il réussirait à combler le grand vide intérieur. Mais le tourbillon qui l'emporte depuis des mois n'a rien changé. La vacuité l'érode. Il a eu beau jouer un mois à Montréal au printemps, enregistrer une télésérie dans l'Est ontarien tout l'été et participer à ce tournage dans les îles de Toronto : rien n'y fait. Il habite peut-être à merveille les personnages qu'il incarne, mais lui, Francis Casals, ne s'habite plus.

D'un geste brusque, il ouvre les tentures. Les maisons de la rue affichent des décorations d'un orange phosphorescent. Pour célébrer l'Halloween, le quartier d'habitude si discret s'affuble de sorcières affreuses, de fantômes luminescents, de citrouilles éclatantes.

C'était Marie qui avait toujours accompagné Sophie de porte en porte. C'était elle qui avait bu la joie de la petite fille, entendu ses rires, partagé avec elle son temps et sa vie. À l'heure où la fête de la rue s'amorçait, Francis, lui, arrivait au théâtre et se maquillait devant la photo de Sophie… prise à l'Halloween de l'année précédente !

Sophie avait été tour à tour un chat ronronnant, une rose sans épines, une Belle au bois dormant, un Chaperon rouge souriant, une princesse Léa aux cheveux savamment tressés. Des photos ! Les seuls souvenirs qu'il avait de ces soirs de fête.

Demain, à la tombée du jour, les enfants sonneront aux portes, revêtus de costumes somptueux ou cauchemardesques. Combien de princesses scintillantes, de Harry Potter à grosses lunettes, de Batman courageux, de Dart Vader arrogants défileront cette année encore ? Combien d'extraterrestres monstrueux et d'animaux féroces se pavaneront sur les trottoirs du quartier en échange de quelques friandises ? Rêves animés qui imploreront qu'on les admire ou les craigne, que l'on croie en eux quelques instants.

Dans le salon de la rue Nicholls, Francis n'avait pas pu supporter davantage l'aspect désolant des violettes et de la fougère. Dans un grand sac à ordures, il avait résolument jeté une à une les pauvres plantes. Le contenu des pots, en atteignant le fond du sac, frappait le plancher de bois avec le son mat de pelletées de terre s'abattant sur un cercueil.

Francis termine sa triste besogne. Sur l'étagère, il aperçoit un cache-pot de porcelaine. Un bel objet, élégant, peint à la main. Marie en avait toujours apprécié les teintes et le dessin délicat. Il en sait le prix.

Une rage sournoise s'accroche au bras de Francis. Il se saisit de l'objet d'art et le brise sauvagement contre le mur. Le silence retombe après la pluie des éclats.

Une grande paix avait alors envahi Francis. Il s'était mis à genoux et religieusement, un à un, il avait ramassé les morceaux qui, sous la vigueur du choc, s'étaient répandus jusque sous les meubles.

Encore prostré, il avait pleuré. Sans bruit. Longtemps. Comme le faisait autrefois, enroulé dans l'obscurité de ses draps, le gamin Francis harcelé par le gredin de Majou, Jean Malepeyre.

4.

Le lendemain de ce retour de Toronto, Francis avait quitté Ottawa sans même avertir Martin Giguère, son gérant et ami. Du taxi qui s'éloignait de la ville, de l'aéroport où il s'était engouffré comme un fuyard, il ne se souvenait qu'à peine.

Il se revoyait le soir suivant, parcourant les rues de Perpignan, hébété, dans un état second. Un somnambule qui s'éveillait et se demandait comment il avait pu se retrouver au pays de sa jeunesse. À la surface de sa mémoire s'agitaient des ombres floues, dansaient les lambeaux épars des dernières heures. Dans les rues du couchant, Francis ne sentait que sa faim et elle l'avait guidé vers un bistrot vieillot où il avait mangé, perdu dans ses pensées.

Il n'était jamais revenu à Perpignan depuis qu'il était parti de la France vers le Canada, l'année de « l'Expo 67 », comme on disait à Montréal. Il n'avait jamais voulu y revenir. Pas même pour l'enterrement de Gervaise… Il se demandait encore pourquoi. La raison officielle avait été *the show must go on…* Mais, Francis savait bien que des raisons plus mystérieuses, plus souterraines étaient à l'origine de sa décision.

Pourquoi cet affront à sa mère au-delà de la mort ?

Marie avait souvent insisté pour qu'ils revoient ensemble ce décor de son autre vie. Mais Francis ne désirait partager son passé avec personne. Pas même avec Marie. Le rideau de son âme ne s'ouvrait que sur les personnages qu'il incarnait.

Un jour, Marie lui avait dit, entre douceur et reproche, « Le personnage que tu incarnes le mieux, le rôle le mieux rodé de toute ta carrière, Francis, c'est celui de Casals. »

Elle avait raison. Francis savait personnifier à merveille l'homme en pleine possession de lui-même, celui que les problèmes n'effleuraient qu'à peine et à qui tout réussit. Dans les coulisses des théâtres, sur les plateaux de tournage, dans les studios de télévision, il était l'homme que rien n'atteignait, celui dont l'humeur égale et charmante ne se démentait jamais.

Francis Casals, le fils reconnaissant, l'époux empressé, le père ébloui ! Un comédien au jeu subtil, un collègue dont chacun vantait la patience avec la presse, la souplesse avec les metteurs en scène et les réalisateurs, la cordialité avec les camarades.

Ces rôles divers, Francis les avait si longtemps et si méticuleusement travaillés que Marie elle-même avait mis des années à en découvrir les failles. Elle n'en avait souffert que plus amèrement.

Dans la moiteur d'octobre, Francis retrouve les rues de Perpignan. De la place de Catalogne, il se faufile vers la rue des Remparts. Des images fugitives s'affichent, éclairs de lumière coincés entre les trous noirs.

Il se rappelle sa voisine dans l'avion, la veille. Elle l'a reconnu et cherche à engager d'une voix chuintante une conversation oiseuse pour ajouter cette rencontre impromptue à l'album de ses vacances. Avec elle, Francis joue du charme comme d'autres laissent échapper des accords de guitare. Après un dernier roucoulement, la dame s'endort enfin. Francis s'abandonne au silence intérieur.

Au bout de la nuit, un océan anthracite chatoie. Les pensées de Francis s'emmêlent au jeu équivoque de la lumière. Déjà, les stries pourprées de l'aurore sonnent l'heure des croissants tièdes et du café fade.

Après ? Il ne se souvient de rien. Jusqu'à Paris.

La promenade de Francis dans Perpignan l'avait amené quai Vauban. Il écoutait ses pas résonner le long de la Basse. Le Castillet s'était soudain dressé devant lui. Francis s'était arrêté net devant le monument de pierres roses éteintes par la nuit. Il avait reculé à ses abords, incapable de pénétrer dans la vieille ville. Il avait eu peur des lieux où son errance risquait de le ramener. Le fantôme de Gervaise l'attendait peut-être dans les ruelles du quartier ? Sous le lampadaire devant la conciergerie ? Sous la fenêtre où elle s'accoudait le dimanche pour contempler le spectacle routinier de la rue ?

C'était là, aux portes du vieux Perpignan qu'il avait pris sa décision : il partirait dès le lendemain pour Roquambour. Là, et là seulement, il pourrait reprendre le cours de sa vie.

🙢

Au volant d'une voiture d'occasion, Francis avait roulé vers le hameau de son enfance. De chaque côté de la route, les vignobles se préparaient à hiverner. Les arbres fendaient le bleu du ciel de leurs branches dénudées. De fort loin, Francis avait deviné Majou à ses toits de tuiles brûlés par le soleil.

La voiture avançait au ralenti à travers les rues étroites du village. Francis avait dépassé l'église romane blottie sous les platanes, puis contourné la place rectangulaire où se côtoyaient l'épicerie, la boucherie, le café et le tabac. Les bancs de la place où s'asseyaient les ménagères le temps de quelques bavardages animés et les vieux, le temps d'un mutisme solidaire, avaient été désertés. Le village était muet. Les boutiques, closes. Seul, le bruit du moteur se répercutait sur les vieux murs.

À Majou, le temps semblait s'être arrêté.

Francis avait tourné à droite dans la dernière rue du village, et entamé la route tortueuse qui montait vers Roquambour. Dans le rétroviseur, se dessinaient l'entrée du cimetière et les vignobles dégarnis. À un tournant, avait surgi la masse sombre du hameau et la forme brisée de l'ancien ermitage.

Dans la clarté de midi, la peur ne tenaillait plus Francis, comme la veille, devant le Castillet. Ici, il savait qu'il allait assister aux retrouvailles de l'enfant prodigue avec son âme.

Francis avait pénétré lentement dans le hameau. Il avait garé la voiture près de la maison de Gervaise. Dans l'hémicycle des façades délabrées, la fontaine offrait son bassin tari, blanchi par les ardeurs du soleil. L'arbre de la place, celui-là même où Francis aimait grimper, enfant, avait résisté au temps : ses bras rabougris avaient attendu le déserteur.

Derrière lui, il avait entendu qu'on ouvrait des volets. Le hameau n'était donc pas abandonné comme il l'avait secrète-ment souhaité. Il dérangeait la quiétude de quelqu'un.

Sans se retourner, Francis avait cherché nerveusement la clef du logis. L'œil lourd d'une sentinelle pesait toujours sur sa nuque : on l'observait de la maison d'en face.

La clef avait enfin tourné dans la serrure rouillée. La porte, qui résistait, avait grincé. D'un geste ferme, Francis l'avait poussée.

Il était revenu à l'enfance.

5.

À SA FENÊTRE, Francis regardait les lumières que la tombée du jour allumaient une à une, en bas, à Majou. Il imaginait les femmes s'affairant aux préparatifs du réveillon, les rires des enfants surexcités par les arômes qui se répandaient, les vives couleurs des décorations…

Cette veille de Noël, Francis se sentait de moins en moins capable de la vivre seul. Il lui fallait s'étourdir, se perdre. Il sortit dans le froid de cette fin de journée, sauta dans sa voiture et roula vers le village.

Au café, dans la fumée et le bruit des verres, il se sentit rassuré. Devant un public, le comédien retrouvait son panache.

Albert Albeilhon, le cafetier, l'accueillit avec son accent le plus chantant :

— Alors, Francis, c'est toi qui nous amènes ce temps de totale misère ?

Aussitôt qu'il aperçut l'arrivant, Lucien Couston déplia son long corps maigre et tendit la main à son ami d'enfance. Caressant lentement sa fine moustache, il lança pour la compagnie :

— Nous sommes bien contents de te savoir au pays, Francis, mais les températures de ton pôle Nord canadien, tu n'avais pas à les prendre dans tes bagages, tu sais !

Les rires fusèrent. On taquina une fois encore Francis sur son accent :

— Tu l'as perdu ou oublié?

Les verres se succédèrent. La bonhomie de ses compagnons réconfortait Francis.

Dans le café surchauffé, les buveurs causaient de ce froid insolite, des dommages possibles aux vignes, du danger pour la santé des petits, du désespoir des vieux qui n'osaient même plus sortir pour se ravitailler. Entre verve et sarcasme, les on-dit se mirent à circuler. Francis apprit que le vieil instituteur, Henri Salvat, était « monté au Nord », chez son frère.

— Parce que maintenant, c'est au nord qu'il fait chaud! ironisait Laurent Séguéla qui avait abandonné la boulangerie à sa femme pour ne pas rater le dernier verre au café avant la Noël.

Soudain, avec fracas, le maire du village entra. Jean Malepeyre était un homme trapu. Ses gestes étaient brusques, impatients, son cou massif, ses mains noueuses. D'un regard torve, il parcourut rapidement la salle enfumée, puis, comme s'il préparait déjà sa prochaine campagne électorale, il passa de table en table pour serrer les mains qui se tendaient. Avec ostentation, il offrit une tournée générale.

En servant ses clients, Albert raconta que le père Castella, un vieil athée qui tremblait de froid dans son logis, avait fini par accepter la chaufferette électrique que lui offrait le curé. Albert se réjouissait:

— Le Castella, il a dû faire entrer un prêtre chez lui avant sa mort!

Francis s'amusait au milieu des clients du café dont beaucoup avaient été des camarades d'école. L'amertume angoissante qui l'avait habité, une heure plus tôt, l'avait apparemment quitté. Il rigolait sans contrainte des plaisanteries un peu grasses qui éclataient comme de radieux ballons.

Jean Malepeyre s'approcha du comédien, insistant pour lui payer un dernier verre:

— À la santé de l'enfant du pays établi en Amérique !

Le maire déployait à l'égard du fils de Gervaise les gestes d'une vieille amitié, espérant sans doute que Francis, adulte, ait oublié les cruautés qu'il avait longtemps fait subir à Francis, enfant.

Car la bienveillance un peu mièvre dont Francis faisait l'objet au village autrefois, Malepeyre, en secret, la lui faisait payer par des intimidations constantes. Francis ne se plaignait à personne : pas même à Lucien. Surtout pas à Gervaise.

Les années passent, les tracasseries sont devenues plus pernicieuses. Le harcèlement est discret, mais incessant. Ce n'est plus un pain au chocolat que Malepeyre réclame, mais les cigarettes de Gervaise, de l'argent ou les réponses à un examen. Il les exige en paiement de son silence : Jean dit connaître sur la mère de Francis des choses qui les feront chasser de Majou... Cadeaux et tricheries scolaires ne suffisent plus. Le maître chanteur fait monter les enchères : il planifie quelque larcin plus audacieux que Francis doit exécuter.

Gervaise a reçu d'une lointaine parente une offre d'emploi à Perpignan. Bien que tentée par la proposition, elle hésite à accepter ; elle craint l'accueil qu'on fera, à la ville, à ce fils sans père qu'est Francis. Lui, dans ce déménagement ne voit qu'une issue à l'acharnement de Jean Malepeyre. Il insiste. D'autres avantages apparaissent : Francis pourra fréquenter le lycée, trouver un bon emploi et sortir de la misère à laquelle Gervaise s'est résignée pour elle-même, mais jamais pour lui. Gervaise finit par accepter.

La mère et le fils avaient finalement quitté Roquambour.

L'adolescent, grand, robuste, musclé qui revenait en vacances chaque été au hameau, n'avait plus rien à voir avec l'écolier chétif, facile à menacer pour un matamore de village. Jean Malepeyre n'avait plus osé s'approcher de Francis. Il sentait qu'il valait mieux se tenir à distance : Francis l'aurait attendu de pied… et de poings fermes.

Quarante-cinq ans plus tard, Francis observait avec un plaisir pervers le manège séducteur de son ancien bourreau. Il accepta un deuxième puis un troisième verre de Jean Malepeyre. L'humiliation d'autrefois valait bien un peu d'ivresse !

Francis n'avait jamais pu oublier le chantage odieux dont il avait souffert pendant des années ! Il n'avait jamais réussi à extirper de sa mémoire la honte qu'il ressentait à n'avoir d'autre choix que de se plier aux exigences de son tourmenteur. La haine enfouie remontait en lui, ce soir. Il n'en laissait rien voir. Il affichait son sourire ravageur. Francis savait jouer la comédie mieux que l'homme trapu et chauve qu'était devenu monsieur le maire.

Au fond de la salle, celui que les gens du village appelaient « Berger » buvait en silence. Une barbe grise et fournie couvrait entièrement son cou. Un feutre sans couleur dissimulait ses cheveux et, malgré la chaleur ambiante, il gardait sur ses épaules une épaisse houppelande.

Albert Albeilhon lui apportait un demi après l'autre. L'homme remerciait d'un hochement de tête et sirotait sa bière. L'alcool ne semblait pas l'atteindre, pas plus que les propos des villageois…

Au bout d'un moment, l'étrange personnage se leva. Lourdement. Lentement. Il saisit le sac de grosse toile posé sur la chaise voisine de la sienne et traversa le café en saluant la compagnie d'un geste d'une arrogante dignité.

C'était quelques semaines après son arrivée à Roquambour que Francis avait aperçu pour la première fois cet homme à la soixantaine vigoureuse qui ne semblait faire rien d'autre que marcher chaque jour de l'ermitage au village. Chaque marchand semblait l'attendre. Laurent Séguéla lui réservait une baguette encore chaude du four ; José Fabre, le charcutier, avait toujours pour lui quelque saucisson en réserve ; Joachim Estève, l'épicier, lui remettait un morceau de fromage. Au café, les verres semblaient gratuits.

Berger ne demandait jamais rien. Tout arrivait à lui. On aurait dit un rite entendu. Et Berger prenait ce pain quotidien comme un dû, avec la noblesse du seigneur à qui le serf paie sa redevance.

Le café s'était vidé : chacun avait regagné sa maison. Comme tous les autres marchands aujourd'hui, Albert Albeilhon fermait plus tôt qu'à l'accoutumée.

Resté seul avec lui, Francis tenta de l'interroger sur l'homme à la houppelande.

— Qui est-ce ?

— Un client.

— Et quoi encore ?

Albert, qui retournait religieusement les chaises sur les tables, resta silencieux. Francis insista.

— Une vieille histoire... finit par répondre le cafetier.

Il était visiblement embêté par les questions du comédien.

Derrière les pieds dressés des chaises, Francis osa revenir à la charge :

— Berger, c'est son nom ou son métier ?

Albert laissa échapper un soupir de lassitude et tourna brusquement le dos à son client. Francis le suivit jusqu'au comptoir. Le cafetier demeurait silencieux. Francis attendait.

— Une vieille histoire, maugréa enfin Albert.

Francis revêtit lentement son manteau. De sa seule présence il exigeait une réponse qu'Albert ne souhaitait visiblement pas lui donner. Il finit par lancer sèchement :

— Personne ne parle plus de ça ici.

Personne ne parlait de Berger... Personne ne voulait expliquer cette présence muette et provocante, mystérieuse comme un tabou, insolente comme un sort jeté. Berger semblait faire partie de Majou comme les vignes, les platanes, les vieilles à l'église et les vieux sur la place.

«Mieux vaut en rester là pour l'instant», pensa Francis. Il laissa à Albert un généreux pourboire pour faire un peu oublier son insistance. Le visage du cafetier s'éclaira.

— Que le mauvais temps ne te gâche pas tes vacances!

Au village, personne ne savait pour combien de temps Francis était au pays. Le comédien évitait de répondre ou disait qu'il n'avait pas pris de décision encore. Cette ignorance tourmentait les habitués du café.

Ce soir, encore, Francis avait habilement évité le piège que lui tendait le cafetier. «À chacun son mystère», songea-t-il avec satisfaction!

— Joyeux Noël, à toi, à ta dame, aux enfants et aux petits-enfants!

Dehors le vent mugissait. Francis releva le col de sa canadienne, noua son cache-nez et courut presque jusqu'à sa voiture. Sur les pavés, rien ne filtrait de la fête qui se préparait derrière les volets clos. Ni son, ni lumière. La rue déserte et sombre renvoyait Francis à sa solitude.

Au hameau, il gara sa voiture dans la remise abandonnée des grands-parents de Lucien Couston. Chez lui, il ferma les volets abîmés, remit du bois dans l'âtre et, dévasté, s'affaissa dans son fauteuil.

La nuit redoutée commençait.

6.

Quand Francis avait franchi le seuil de son asile, aux premiers jours de novembre, une terrible odeur de renfermé, de moisissure et de poussière l'avait accueilli dans la maison de Roquambour.

Sans attendre, il avait ouvert les volets du séjour et la porte de la terrasse. Le soleil avait pénétré en larges faisceaux ; le vent, en s'engouffrant, avait permis à la maison de respirer enfin après tant d'années d'asphyxie. La poussière qui reposait depuis des décennies dansait maintenant sur les rayons de lumière.

Malgré la fatigue du voyage, l'insomnie, le décalage horaire, Francis avait senti une énergie nouvelle l'envahir. Pour la première fois depuis le printemps, il avait esquissé ce qui ressemblait à un sourire. Le bateau à la dérive avait retrouvé son port d'attache.

Les premières années après le départ de son fils, Gervaise lui décrivait la désolation du hameau où elle revenait passer juillet. Les vieux qui avaient meublé l'enfance de Francis s'étaient effacés, lueurs vacillantes voilées par la maladie puis éteintes par la mort…

Personne à Majou ne voulait plus de ces maisons toutes en hauteur, perchées dans la montagne au bout d'une route qui n'allait nulle part. «Les jeunes préfèrent les villes, expliquait Gervaise, là où la vie est trépidante et l'avenir apparemment plus souriant.»

Francis n'avait lu dans ces remarques que la tristesse et la rancœur maternelles de le voir faire sa vie si loin d'elle… Mais Gervaise disait vrai : Roquambour mourait…

Étrangement, quarante ans plus tard, le hameau semblait retrouver un peu de sève.

Une femme était sortie de la maison d'en face. Francis avait compris que c'était le regard de cette voisine qui avait pesé sur sa nuque pendant qu'il rentrait ses bagages et ses provisions quelques heures plus tôt… La femme s'était assise sur le muret près de la bergerie. Un chat aux longs poils gris la suivait, puis il s'était écarté d'elle pour s'allonger dans une flaque de soleil.

À quelques pas discrets de sa fenêtre, Francis avait suivi les mouvements de l'animal et observé avec curiosité cette femme mélancolique au visage encore jeune, aux manières douces. La sévérité de la coiffure et des vêtements contrastait avec la rondeur des traits et la volupté des gestes. La dame souriait à son chat, l'appelait, prenait la petite bête dans ses bras, la cajolait, l'embrassait et lui redonnait sa liberté.

Après un coup d'œil furtif vers la fenêtre où Francis se croyait invisible, elle s'était levée et avait rapidement disparu derrière la porte de sa demeure.

De la terrasse, Francis avait plus tard scruté les pierres millénaires de l'ermitage. Pourquoi ne pas inaugurer ce retour aux sources en revisitant le théâtre de son enfance ? La pente à gravir était rude pour la soixantaine de Francis. Même sous le soleil oblique d'automne, la montée s'avérait épuisante. Francis avait dû s'arrêter à trois reprises. Son cœur, meurtri par les drames successifs et affaibli par sa vie trépidante, battait la chamade. Il était loin, le temps où Lucien et lui se poursuivaient sur cette route escarpée !

À bout de souffle, il était finalement arrivé aux abords des ruines. Dans la cour, une partie du mur d'enceinte s'était écroulée et s'ouvrait maintenant sur le précipice. Des broussailles audacieuses déchiraient le paysage. Entre les pierres éparses de l'ancien promenoir, des touffes de thym sauvage surgissaient et parfumaient les lieux.

Francis retrouvait là de vibrantes images de son passé.

Deux gamins courent de pierre en pierre, armés d'épées de bois; deux garçons isolés au flanc de la montagne imitent avec grandiloquence des duels chevaleresques:

— Un pour tous, tous pour un!

— On ne passe pas!

— Si tu ne viens pas à Lagardère, Lagardère ira à toi.

Des phrases enflées de bravade qu'ils empruntent aux romans qu'ils dévorent et dont l'écho ronfle dans la cour du cloître.

Francis avait pénétré au cœur du sanctuaire. Une large partie du toit s'était affaissée: la grande salle s'en trouvait illuminée. Ailleurs, Francis redécouvrait la nudité de la pierre telle qu'il l'avait connue autrefois. D'une humidité agressive. Celle des siècles accumulés. L'enfance envolée l'entourait de ses bras puissants. Allaient-ils le câliner ou l'étouffer?

Francis s'était senti mal à l'aise, comme s'il violait un lieu interdit. Confus, il s'était hâté vers la porte basse qui bâillait dans la lumière, et, après quelques pas, il avait cru avoir échappé à l'étreinte mystérieuse.

Le soleil descendait en coulées pourpres vers l'horizon. Francis avait emprunté d'un pas vif la pente vers Roquambour.

À la brune, une voiture était apparue sur la place.

Une jeune femme aux cheveux très noirs, un filet de provisions à la main, était descendue et s'était dirigée vers la maison où habitaient le chat gris et sa maîtresse. Le conducteur s'était garé près de la bergerie, puis il avait marché vers une autre maison.

En réponse à un appel de sa passagère, le jeune homme avait rapidement traversé la place et le couple avait disparu derrière la porte de la demoiselle au chat. « Pas besoin d'être grand clerc pour deviner le sujet de la conversation chez la dame d'en face ! » s'était dit Francis.

7.

Francis avait fait la connaissance de Jacques Dalvergne au lendemain de son arrivée à Roquambour. Le jeune ouvrier était venu se présenter, vraisemblablement envoyé en reconnaissance par les dames du hameau ! Il avait invité le nouvel habitant de Roquambour à se rendre chez lui, le dimanche suivant, pour l'apéro. Et Francis qui cherchait un minimum de confort dans la vieille maison de Gervaise l'avait sur-le-champ engagé pour les réparations les plus urgentes. Jacques était un ouvrier du bâtiment, un maçon.

Le dimanche, Francis avait rencontré Madeleine, la femme de Jacques, et la voisine d'en face, Berthe Sabaté. Madeleine était infirmière, Berthe, tisserande.

Mado était une jeune femme vive et rieuse, Berthe Sabaté, elle, s'était révélée aimable et calme. D'emblée, Francis les avait trouvés fort sympathiques tous les trois. L'apéro s'était déroulé agréablement.

Francis avait raconté son enfance dans le hameau isolé. Il avait nommé ses souvenirs. Les plus beaux, les plus suaves. Pour ses interlocuteurs, c'était là toute une révélation. Contre toute apparence, le fils du pays, le véritable habitant de Roquambour, c'était l'intrus. Eux, les immigrants... Le vin aidant, on s'était quitté dans la bonne humeur. Les hôtes avaient été rassurés sur leur nouveau voisin et Francis mis au parfum de l'histoire récente du village et du hameau.

La semaine suivante, Francis avait invité ses voisins. Et le troisième dimanche, ils s'étaient tous retrouvés chez Berthe pour le déjeuner.

Quand les travaux essentiels eurent été terminés chez Francis, Jacques accepta de prendre un apéritif avec son client. Après quelques verres de grand rosé, il s'était laissé aller aux confidences :

— À Montpellier, la famille de Mado et la mienne ont des commerces. Ils sont des concurrents acharnés et mesquins depuis au moins trois générations. Nos amours, ils les ont traitées comme une mauvaise transaction. Ou c'était la rupture… ou ils nous coupaient les vivres.

— J'ai déjà entendu une histoire semblable quelque part…

— Oh, monsieur Francis, ne vous moquez pas, allez !

— Ne me dites pas que vous vous êtes enfuis, avait demandé Francis à la blague.

— Si. Si. Vers l'Espagne. C'est l'épisode romantique.

— Et que s'est-il passé après le rêve ?

— Comme on n'avait plus le sou, on est venus squatter à Roquambour.

Mademoiselle Berthe vivait déjà dans la place. Jacques était devenu apprenti chez un maçon et, dans ses temps libres, il avait rendu la maison habitable. Mado s'était trouvé un poste chez un médecin ; heureux de leur sort, ils avaient un peu oublié qu'ils n'étaient pas chez eux.

— Un beau matin, je devine, un inconnu s'est pointé à Roquambour ?

— Comme vous le dites ! Arrivé tout frais de Paris, héritier d'un obscur cousin catalan, il venait évaluer sa fortune : trois des maisons du hameau, dont la mienne.

L'entrée en matière avait été musclée : menaces d'expulsion et de poursuites. Tout le tralala. Puis, en jouant un peu de son charme, Mado avait ouvert une bouteille. La discussion avait été longue. La négociation, serrée.

— Depuis un an, avait poursuivi Jacques avec fierté, la maison nous appartient. Je ne chôme pas comme maçon. L'ouvrage abonde dans la région, monsieur Francis. On vient de partout acheter ce qu'ils osent appeler nos « débris ».

Le couple faisait maintenant des économies pour acheter la maison voisine. Il ne voulait plus se sentir à l'étroit.

— C'est qu'on aimerait bien avoir des gosses… avait-il laissé tomber.

Jacques s'était levé lentement, comme quelqu'un qui ne veut pas vraiment partir. Il avait fait quelques pas dans la pièce, hésité près de l'escalier, pour avouer enfin :

— Voyez-vous, monsieur Francis, j'ai beau être toujours amoureux de Mado, je la trompe depuis quelques mois avec… une idée folle.

Francis avait sourcillé, puis fait éclater un rire sonore. Curieux, il avait demandé :

— Parle-moi donc de cette maîtresse, jeune homme.

Jacques avait paru tout à coup intimidé. Il avait pris le temps d'allumer une cigarette. Ses mains tremblaient un peu. Après une bouffée apparemment libératrice, il avait révélé :

— Je veux faire revivre Roquambour.

— Et comment canaliseras-tu le flot d'immigrants ?

Jacques avait tiré nerveusement sur sa cigarette : l'ironie de Francis l'avait offensé.

— Je plaisantais, Jacques !

Celui-ci, rassuré, avait retrouvé aussitôt la parole :

— Moi, je ne plaisante pas. Six maisons sont vides à Roquambour. Sans compter la bergerie. Je ne veux pas qu'elles soient achetées par des entrepreneurs qui n'auront pour elles aucun respect et les vendront au premier estivant venu. J'aime ce hameau. Je veux que sa beauté sévère soit préservée.

Francis avait été touché par la sincérité du jeune maçon et par la fougue de son plaidoyer. Mais il s'était plu à jouer l'avocat du diable.

— Tu veux acheter ma maison ?

— Pas la vôtre ! Vous, vous êtes un enfant du pays. À vous écouter, on sent bien que vous avez le reſpect du passé. Et puis, je dois bien le dire, je n'ai pas l'argent qu'il faut ! Mais si vous voulez reſtaurer, je suis votre homme, allez.

Francis n'avait pas répondu tout de suite. Jacques s'était excusé auprès de son hôte d'être reſté si tard.

Sur le seuil de la porte, Francis avait tapoté l'épaule du maçon en lui jurant :

— Si je décide de reſter, c'eſt toi que j'engagerai.

Une solide poignée de main avait scellé cette promesse.

La détermination de Jacques, sa pureté d'artisan, sa foi de bâtisseur de cathédrale avaient conquis Francis. Reſté seul sur le seuil de sa porte, il avait contemplé le hameau au bois dormant qui ne savait pas que le prince charmant était dans ses murs et l'éveillerait peut-être…

Il faisait frais. Le vent sifflait.

C'eſt ce soir-là que Francis avait observé pour la première fois, de sa terrasse, une ombre qui, d'un pas lourd mais régulier, entamait la pente abrupte vers l'ermitage. Arrivée là-haut, la silhouette s'était immobilisée jusqu'à ce que la nuit de décembre allumât ses fragiles étoiles.

8.

L A VIGILE S'AMORÇAIT.
   Francis regardait les albums de photos que Gervaise conservait précieusement. «C'est un trésor», aimait-elle répéter à l'enfant. Ce soir, l'enfant s'attardait. Il était devenu grand. Il était devenu vieux. Et c'était avec des yeux neufs qu'il contemplait les clichés noirs et blancs d'une autre époque.

Gervaise. Une blonde au triste sourire. Une jeune femme qui n'avait pas encore 25 ans.

Ce sourire, Francis l'avait rencontré deux fois dans sa vie, sur les lèvres de deux femmes. Le sourire de Gervaise, il l'avait reconnu sur le visage de Marie. Mais, il n'avait pas su en traduire la mélancolie profonde.

Il ranima le feu dans l'âtre. Les flammes dansèrent joyeusement, indifférentes au grand vide que Francis ressentait en lui.

Inapte à aimer. Incapable de se soumettre à ce qu'exige l'amour. Maintenant que tout était devenu inutile, Francis saisissait avec netteté l'évidence de ce qui lui avait été deux fois offert. Mais les gestes à faire, les mots à dire ne lui venaient jamais dans la réalité du quotidien. Francis ne pouvait pas improviser. Il avait besoin qu'on lui tende un texte. Il ne vivait que dans un rôle. Sans cela, il ne pouvait libérer les émotions qui l'habitaient. Francis Casals ne savait aimer que dans le rétroviseur de la vie.

Cette nuit, il brûlait de passion pour Marie. Il s'attendrissait jusqu'à la vulnérabilité en pensant à Sophie. Il acceptait enfin la dévotion de Gervaise qui l'avait aimé d'un amour entier et destructeur pour elle-même. Lui, s'esquivait chaque fois que venait le moment de donner à son tour. Il était parti pour l'Amérique.

Gervaise avait bien accepté ce qu'elle croyait être une escapade : « Il l'a bien mérité, le pauvre petit. » Et, dans les lettres des premières années d'exil, elle lui parlait ouvertement de retour. Mais lorsqu'elle avait compris que Francis resterait au milieu de ses lointains arpents de neige qui lui offraient fortune et gloire, elle n'avait plus osé implorer son retour.

À Perpignan, elle était sans proches parents, sans amant, sans amis. Des voisins compatissants, des camarades de travail. C'était tout. Francis, même absent, prenait toute la place. Elle travaillait vaillamment onze mois durant et allait chaque juillet à Roquambour se recroqueviller dans ses souvenirs. Elle s'accrochait à l'arrivée de lettres qui s'écourtaient à mesure que s'égrenaient les années. Elle espérait que la voix de Francis l'atteigne encore le mois prochain, dans la cabine étroite des PTT. Elle imaginait une visite dont la date reculait sans cesse. C'était là sa vie.

Elle ne lui avait rien dit des malaises qu'elle ressentait, ni des douleurs de plus en plus intenses qui leur avaient succédé. Jamais rien du mal qui se généralisait. Tout allait toujours bien. Il ne fallait pas inquiéter le « petit qui avait bien le droit de faire sa vie ».

D'un appel à l'autre, Francis promettait de se rendre en France. Il disait, dans les premières années, en être empêché par le manque d'argent. Lorsque l'argent avait afflué, le temps avait manqué. Entre ses rôles au théâtre, une nouvelle série à la télévision et ses apparitions dans des films, Francis ne trouvait même plus le temps de promettre à sa mère la visite tant attendue.

Il l'invite. À Ottawa. Il vient d'y acheter une maison, la saison de théâtre au Centre national des Arts le retenant de plus en plus souvent là-bas. Il lui décrit le canal et les fleurs au printemps. Ils iront ensemble visiter Québec durant l'été. Elle aimera le fleuve, sa majesté, le cap et ses vieilles rues. Ils iront aussi à Montréal, une ville à la fois chaleureuse et cosmopolite.

Gervaise avait accepté le billet d'avion et les rêves que lui proposait son fils afin qu'il ne soupçonnât rien de la vérité. Mais il était déjà trop tard pour vivre les retrouvailles tant espérées. Gervaise ne verrait jamais les villes enchanteresses de cette lointaine Amérique : elle se savait condamnée.

Elle était morte, un soir gris d'hiver, aussi discrètement qu'elle avait vécu. Seule dans son logement de Perpignan.

❦

Francis fut soudain happé par un immense dégoût de lui-même. Ses pensées, ce soir, étaient claires, lumineuses dans la tempête des souvenirs. Il était seul lui aussi, maintenant. Seul avec le terrible sentiment qui le lacérait depuis des mois et dont il n'avait jamais parlé à personne. Pas même à l'ami Martin. Jamais Francis n'avait confié à qui que ce soit l'étrange sort qui faisait de lui l'instrument du malheur de celles qui l'aimaient.

Le jour où sa mère avait su qu'existait en elle une nouvelle vie, non pas comme une certitude médicale mais comme une sensation au plus profond de ses entrailles, Pierre Ramadou était parti. Vingt-cinq ans plus tard, Francis aussi l'avait abandonnée à sa solitude. Gervaise avait souffert d'un cancer affreux. Il n'en avait rien su parce qu'il n'avait jamais tenté de lire entre les lignes du cœur sur le tableau noir de l'absence.

Francis se rendait soudain compte qu'il était devenu plus vieux que sa mère... Un jour, il aurait l'âge d'être le père de Gervaise. Comme il avait eu celui d'être le père de Marie. Comme il avait été le père de Sophie.

Un père raté qui n'avait su protéger que lui-même.

9.

L'OMBRE GRAVISSAIT LA ROUTE vers Roquambour. Le rythme de sa montée ralentissait parfois sous la poussée des bourrasques. Mais la silhouette massive continuait son chemin avec l'acharnement d'un explorateur et la détermination d'un croisé.

Enveloppé dans sa vieille houppelande, l'homme avançait, tête baissée, dans le soir glacé. Sur son épaule, il portait un lourd sac de provisions auquel il s'accrochait. Tel un naufragé à son épave, il semblait en espérer quelque magique renouvellement de ses forces. Aurait-il pu prévoir un temps pareil, ici en Roussillon ? Non, bien sûr ! Ces températures sibériennes ne sauraient durer. Il fallait tenir cette nuit encore.

Il ne sentait plus ses mains malgré les lainages épais dont il les avait entourées ; il avait perdu toute sensation dans ses orteils malgré les doubles chaussettes et les bottes feutrées. Durcie par l'intensité du froid, la peau de son visage craquait à chaque halètement ; l'idée saugrenue lui vint qu'il pourrait retirer cette peau et s'en débarrasser d'un geste élégant comme l'on fait d'un masque après le bal.

Il avait franchi une grande partie de la distance qui séparait Majou de Roquambour. « Plus qu'un kilomètre ! » articula-t-il pour se donner du courage.

Une nouvelle bourrasque éventra le ciel. Des flocons folâtres firent rapidement place à une neige rageuse qui fonçait sur le paysage. L'ombre qui marchait péniblement, tête inclinée, se dissolvait peu à peu dans la blancheur épaisse qui plongeait sur elle. Les arbres s'emmitouflaient, les bords de la route s'arrondissaient, les arbustes ployaient sous la charge glacée. Le vent soufflait, giflait, claquait. Déchaîné.

Quelque part, en un écho sourd et pernicieux, se fit entendre le cliquetis de la Faucheuse ! L'homme frissonna. Il lui fallait fuir le charme pervers de la Dame pour survivre à cette nuit d'un autre monde. Il se redressa avec noblesse, rajusta le sac de toile qui dessinait une bosse disgracieuse sur son dos et se mit à chanter pour chasser l'intruse. Ni complainte ni cantilène. Mais une chanson à boire, un refrain égrillard dont la gaîté le réchauffa comme un vin, un âtre, un grand soleil d'été.

La musique gaillarde se noya vite dans les soufflets de la bise. Sur le chemin tortueux, l'homme resta sans voix, transi jusqu'au cœur. Sa barbe était blanchie de givre. La Faucheuse l'avait presque rejoint. Elle était là. Il la sentait dans son dos. À quelques pas derrière lui. Elle n'avait plus qu'à tendre la faux et il perdait son triste pari. Déjà, ses bras se figeaient sur les courroies du sac, ses jambes allaient l'abandonner. Ce n'était plus lui qui avançait ; ce n'était plus sur ses épaules que pesait le sac qu'il transportait. Il ne faisait plus que suivre l'autre lui-même qui s'éloignait de lui. D'atroces douleurs irradiaient dans sa poitrine. Il n'était plus que souffrance. L'air se refusait maintenant à pénétrer dans sa gorge nouée et, sous ses lourds vêtements de laine, la sueur coulait comme fuit une source. Une puissante tentation le submergea : accepter la défaite.

Dans un dernier geste de révolte contre lui-même et la faiblesse où il allait sombrer, le marcheur releva brusquement la tête. À la masse rocheuse du hameau, une étoile s'accrochait. Roquambour n'avait pas été complètement abandonné.

Quelqu'un, là-haut, veillait…

Cette pensée lui redonna espoir. Il s'arrêterait au hameau, ce soir. Il ne se sentait pas la force de gravir la pente jusqu'à l'ermitage.

Le chemin devint plus plat: l'homme respira mieux. Il accéléra même le pas. Comme un vieux cheval aveuglé par la tempête et l'épuisement qui rentre fidèlement à l'écurie, il franchit l'arche d'entrée de Roquambour.

Sur la place déserte, l'arbre solitaire tendait ses bras où rampaient à présent des boas d'hermine. L'homme laissa glisser son sac sur le sol pour s'appuyer quelques instants contre le mur de la maison de Berthe Sabaté.

Petit à petit, la sérénité de l'enceinte le pénétra. Il chercha la lumière entrevue de la route. Mais seule luisait la neige qui s'abattait sur la place. Il crut à l'un de ces mirages qu'on invente au moment d'un naufrage.

À l'abri du vent, le corps de l'homme épuisé recommença à vivre. La Faucheuse s'en était allée. Pour l'instant. Un rictus fit craquer les lèvres fendillées du vainqueur. Il tenta de reprendre sa charge, mais ses muscles ne répondaient plus. C'est en faisant glisser le sac sur la neige qu'il s'éloigna péniblement et pénétra à tâtons dans la nuit noire de l'ancienne bergerie.

❦

D'un coup, Francis se leva. Il avait décidé, avec la soudaineté qui caractérisait ses prises de décision, de fêter la Noël. Les bonnes odeurs allaient aussi se répandre chez lui. La musique et le vin allaient allumer dans ses yeux des étincelles de joie. Tant pis si personne ne leur faisait écho!

Une heure plus tard, Francis avait réussi à transformer la maison. Au feu, mijotait un civet pendant que la voix de Pavarotti envahissait le séjour. Francis alluma quelques bougies et contempla la beauté pacifiante de cet éclairage tamisé. Il s'y blottit comme l'enfant heureux qu'il avait été, autrefois, dans cet asile de Roquambour.

Francis émergea subitement de ses pensées : il avait oublié de nourrir le chat de mademoiselle Berthe comme il s'y était engagé l'après-midi même ! La pauvre bête devait être affamée… Il ferma le gaz de la cuisinière, descendit vers l'entrée et jeta sa canadienne sur ses épaules.

Par le judas de la porte, il crut percevoir, à travers le tourbillon luminescent de la tempête, une présence sur la place. Il observa à la dérobée et attendit.

La silhouette s'était immobilisée contre le mur d'en face. Elle sortit peu à peu de son engourdissement, s'animant au ralenti, et prit pesamment le chemin de la bergerie.

10.

Francis entra chez mademoiselle Berthe. Tout était bien rangé, bien propre. Dans la pièce du bas, sous un grand drap blanc, dormait le métier à tisser qui lui permettait de gagner modestement sa vie. C'est par le choix des couleurs et l'audace des motifs que la tisserande exprimait sa passion de vivre. Mademoiselle Berthe ne cherchait pas à accaparer l'attention des gens. Ses gestes étaient sobres ; elle écoutait beaucoup et parlait peu. Elle n'était pas le genre à vouloir à tout prix meubler les silences. Elle avait l'air d'effleurer l'espace, de n'être qu'une brise transparente qui passait. Pourtant…

À Majou, on la surnommait « madame Curé ». Au début, Francis avait naïvement cru que cette appellation faisait référence à une piété un peu appuyée. Quand il l'eut observée, entendue rire des histoires un peu crues de Jacques et s'émerveiller des plats de Mado, il cessa de la croire bigote et pudibonde.

De causettes en discussions, prudemment, Berthe et Francis avaient fait connaissance. Un après-midi de grand soleil, elle avait accepté d'aller boire un verre de vin sur la terrasse de Francis.

Quel âge pouvait bien avoir cette femme soignée qui ne se maquillait jamais, qui retenait ses cheveux grisonnants par un nœud de tissu sur la nuque et dont le visage n'était marqué d'aucune ride ?

Francis hésitait à l'interroger trop directement : il percevait chez elle une sensibilité à fleur de peau et il craignait de la blesser. Il avait choisi de l'apprivoiser par des questions banales auxquelles elle répondait laconiquement.

Puis, à l'étonnement de Francis, elle avait lancé :

— Ce vin, il a un goût de soleil. J'en reprendrais bien un autre verre, moi !

Malgré ce mouvement de franche spontanéité, Francis sentait planer un mystère autour de mademoiselle Berthe.

— Pourquoi êtes-vous venue vivre ici, au hameau ?

Seul le sourire de Berthe avait répondu à cette question-là. Francis n'avait pas insisté.

Quelques jours avant son départ pour les fêtes de Noël, Berthe avait décidé d'ouvrir son passé à Francis.

— Vous l'apprendrez bien un jour, allez…

— Un peu de ce vin au goût de soleil, Berthe ?

— Cela m'aiderait, sans doute !

Elle avait entamé alors un long monologue. Sans apitoiement. Les mots étaient sobres, les phrases courtes, le récit factuel. Elle ne s'attardait aucunement sur les émotions, ne cherchait ni à accuser ni à se justifier. Elle racontait, tout simplement.

Francis avait surpris, à quelques reprises, un voile passager sur son sourire quand un nom glissait sur ses lèvres, mais d'une gorgée de vin, elle noyait aussitôt le chagrin brusquement ressuscité.

À 23 ans, Berthe était venue à Majou comme institutrice. La vie était bonne. Elle travaillait consciencieusement ; elle était appréciée de ses supérieurs ; elle adorait les enfants et les petits le lui rendaient bien. Les regards se tournaient vers elle. La vie était bonne et rien n'aurait jamais pu lui laisser présager la solitude qu'elle aurait un jour à vivre.

L'arrivée, à Majou, de Charles Mathivon avait soudainement bouleversé la vie limpide de l'institutrice. Aimer et être aimée, devenir la maîtresse d'un homme beau, solide, instruit, généreux et dont la bonté savait émouvoir les plus récalcitrants, aurait pu être le début du bonheur. Ce fut le commencement d'une vie secrète, lourde, chargée de culpabilité.

Charles Mathivon était le curé du village.

Les premières années après son arrivée à Majou, on avait taquiné Berthe sur son célibat : il lui faudrait bientôt choisir parmi ses prétendants. Puis, on l'avait un peu boudée, prenant pour du dédain cette distance qu'elle mettait entre elle et les jeunes hommes qui tentaient de lui faire la cour. On s'offusqua bientôt de ses refus répétés. On lui prédit, vision prémonitoire, un avenir de vieille fille.

Peu à peu, les rumeurs avaient commencé à circuler. On avait insinué que Berthe passait beaucoup de temps aux œuvres du curé. On avait remarqué que Berthe et le curé étaient souvent absents du village aux mêmes moments. On rapporta qu'une cousine éloignée de la boulangère avait cru apercevoir le couple dans un cinéma de Perpignan… Henri Estève, le frère de l'épicier, avait juré les avoir vus dîner ensemble à une table discrète d'un bistrot de Thuir. Les moindres gestes de Berthe, ses déplacements les plus ordinaires étaient épiés. Cette vie sous haute surveillance avait duré près de sept ans. Des années de joies volées et envolées, de rencontres furtives, de remords accablants, de ruptures déchirantes et de retrouvailles passionnées. Pour le couple clandestin, l'heure avait sonné de prendre une décision.

Un dimanche d'été, dans un accès de sincérité loquace, le pasteur avait annoncé, coup sur coup, à ses ouailles incrédules son départ de Majou, son retour à la vie laïque et son mariage prochain à Berthe Sabaté. Les bons paroissiens étaient sortis de l'église outrés et révoltés. Les libres-penseurs et les joueurs de pétanque étaient restés pantois.

Après cette fracassante révélation, Charles Mathivon avait quitté le village pour retrouver Berthe qui l'attendait chez sa cousine à Carcassonne. Un peu avant Limoux, il avait perdu la vie dans une collision frontale.

— J'ai tout perdu : mon homme, ma réputation, mon gagne-pain, ma jeunesse et mes rêves de bonheur.

Francis avait vu le regard de Berthe s'assombrir doulou-reusement. Berthe avait fermé les yeux quelques instants pour chasser le cauchemar. Un temps de silence avait suivi. Puis madame Curé avait poursuivi :

— J'ai pleuré durant des mois, monsieur Francis. Quand je n'ai plus eu de larmes, il m'a bien fallu revenir à la réalité. J'ai été tentée de fuir, de monter à Paris, ou de me trouver un emploi à Toulouse ou à Montpellier. J'ai choisi de venir à Roquambour.

— Pourquoi si près de Majou ?

— Ici, je suis à l'abri. On sait. Je n'ai plus à fuir. Je ne suis plus à la merci d'une indiscrétion ou d'un chantage.

Francis était resté perplexe. Berthe avait expliqué :

— Les gens oublient bien plus facilement ce qu'ils savent que ce qu'ils supposent, monsieur Francis.

Après trente ans de relations avec les journalistes à potins, Francis Casals pouvait apprécier la justesse de la remarque. Il avait souri. Avec tendresse.

— J'espère que je ne vous ai pas trop ennuyé avec ma petite histoire, s'était excusée la demoiselle en se levant.

— J'admire votre courage.

— Mon courage ?

— Ce n'est pas donné à chacun de reprendre le fil de sa vie après le naufrage. Croyez-moi.

— On dit que les êtres humains sont faits pour le grand soleil du bonheur. Ce serait bien agréable, si c'était vrai. Je crois que nous devons, la plupart d'entre nous, nous accommoder tout au mieux de pénombre. Au début, on n'y voit rien. Mais, petit à petit, nos yeux découvrent de vacillantes lueurs, des joies brèves qui nous ravissent et que l'on n'aurait jamais pu percevoir à la lumière éclatante du jour.

De retour sur la place, Berthe avait appelé son chat. L'animal était accouru de la bergerie, les yeux phosphorescents sous la lumière oblique.

— C'est à cause de ses yeux verts que vous l'avez baptisé Espoir ?

— Non. C'est parce qu'il est tout ce qui me reste.

Et Berthe avait fait chanter son accent, malgré la tristesse du propos…

En cette veille de Noël, du haut de l'escalier, Espoir accueillit Francis avec un miaulement de reconnaissance. Il vint à la rencontre du visiteur et lui frôla les jambes en des gestes voluptueux, pour ensuite le précéder dans la cuisine.

Francis ouvrit la boîte de nourriture. L'animal dévora sa ration. Puis, Francis prit la bête dans ses bras, flatta son pelage soyeux un moment. Le chat se faufila sous la canadienne entrouverte du comédien et, le museau enfoui sous son aisselle, se mit à ronronner.

11.

Une lumière dansa dans la nuit.

Le jet blanc perçait l'ombre, mais n'éclairait que des pierres saisies de froid. La lumière fouilla encore le vide de la bergerie. Rien n'y bougeait que ce faisceau qui hésitait, s'agitait et bondissait sur des touffes de paille malodorante.

— Berger! appela la voix de baryton de Francis.

Personne ne répondit, sauf le sifflement sinistre du vent. Francis avança en faisant osciller le pinceau lumineux.

— Berger! Berger!

Rien. Il appela une fois encore en balayant l'espace de lumière. Toujours rien.

— Répondez, nom de Dieu. Je sais que vous êtes là.

Un son se produisit soudain. La lampe de poche éclaira aussitôt le sol: une bouteille vide roulait en cahotant sur la terre durcie. Francis s'enfonça davantage dans les ténèbres du bâtiment.

Tout au fond de la bergerie, l'homme s'était assoupi, emmitouflé dans sa houppelande, la tête appuyée sur son sac de toile. Francis tenta d'éveiller le dormeur. Il lui parla. Le toucha: ses mains étaient devenues froides. Francis le secoua, le frictionna, tenta de le sortir de son engourdissement.

— Berger, réagissez, bon Dieu!

Un faible grognement lui répondit.

— Réveillez-vous!

L'homme se dégagea finalement de sa torpeur. Il se tourna vers le mur en grimaçant. Quelques sons s'échappèrent, à peine audibles :

— Grrrr… moi… tranqui…

Francis souleva la tête et les épaules de Berger, bien décidé à le traîner jusque chez lui, s'il le fallait.

— Venez. Il fait chaud chez moi.

Le corps résistait avec une inertie opiniâtre. Francis ne s'avoua pas vaincu pour autant. Il n'avait nulle intention d'abandonner Berger dans ce tombeau humide et glacé. Il persista.

Berger réagit enfin. Il agita les bras, se libéra des mains de Francis.

— Lâchez-moi !

L'homme se redressa sur la paille de son lit de fortune en frissonnant. Avec orgueil, il enfonça résolument son chapeau sur sa tête et, dans le halo de la lampe de poche, durcit son regard.

Patient, Francis s'assit près de lui.

— J'ai mis la table pour deux, Berger.

— L'autre, ce n'est pas moi !

— C'est Noël…

— J'y suis, à la crèche ! ironisa l'homme à la houppelande en scrutant la réaction de Francis pour bien mesurer son effet. Le comédien sourit aimablement : il tenait à ménager la fierté du solitaire.

— Un bon plat, longtemps mijoté, vous attend.

Berger s'enfermait dans un mutisme têtu. D'un geste bourru, il tourna le dos à Francis et disparut dans l'ampleur de sa cape.

— J'aurais bien aimé partager tout cela avec vous, laissa tomber Francis en marchant vers la sortie.

D'une voix pâteuse, Berger répliqua :

— Ils m'ont donné plein de gâteries au village. Pour se sentir meilleurs !

Berger s'en voulait d'avoir trop bu. Il se sentait honteux devant cet étranger. Il s'empressa d'ajouter, avec défiance :

— Je ne suis pas à plaindre.

Exaspéré, Francis grogna :

— Je ne vous plains pas. Je vous invite.

Au moment de retrouver le vent et la neige, Francis, d'une voix appuyée, lança vers le fond de la bergerie :

— Je vous attendrai !

Dehors, la neige s'affolait, tourbillonnait, s'éclatait.

Une idée folle s'empara alors de Francis. Il retourna chez Berthe Sabaté, ouvrit les volets donnant sur la place et alluma toutes les lampes du salon. Il courut chez les Dalvergne. Là aussi, il ouvrit les volets et fit de la lumière. Se précipitant chez lui, il laissa sortir de sa maison toute la clarté qu'il put. Sur la place, la voilure folâtre de la neige s'illumina. Roquambour vibrait comme un phare dans la tempête, étoile fugitive dans le ciel du Roussillon.

Francis se sentit ému par la luminosité qu'il admirait de sa fenêtre tout autant que par les noëls anciens qui s'échappaient de la radio.

Dans la nuit qui s'avançait, il attendit Berger.

Sans l'attendre vraiment, car il savait que cet homme fier n'avait pas prisé de se faire surprendre dans son sommeil. Homme de mise en scène, comme Francis, Berger préférait préparer savamment ses effets.

Les toits s'arrondissaient. Les flocons collaient aux vitres. Francis buvait lentement. Le temps coulait. L'arbre de la place hissait un mât blanc de neige. Dans la cheminée, dansait le feu de bois.

Francis songea à Martin. À l'agent, mais surtout à l'ami. Soudain, ce Martin boulimique, impitoyable, insensé, lui manquait désespérément. Un sentiment d'absence minait Francis. Comme un creux dans la poitrine. Comme une faim de plusieurs jours.

Il souhaita que Martin surgisse dans ce grand silence désert. Ne l'avait-il pas fait, quelques semaines plus tôt ?

12.

FIN NOVEMBRE. Francis lisait tranquillement en écoutant de la musique. Il faisait gris. Le temps était lourd. On attendait la pluie.

Le vrombissement d'une voiture sport et le clairon d'un klaxon s'étaient fait entendre. Francis s'était précipité à la fenêtre, se demandant qui pouvait venir vers Roquambour dans un tel tintamarre. Il n'avait eu que le temps d'apercevoir un éclair rouge strier le dernier lacet de la montée que déjà un bruit de portière qu'on referme et un grand cri déchiraient le silence de la place :

— Francis Casals, faut que je te parle.

Le préambule abrupt, direct. Une entrée signée. Martin gesticulait en guettant l'ouverture de la porte du logis où nichait l'oiseau migrateur qu'il était venu chercher. À côté de sa voiture, il hurlait :

— Dans quelles emmerdes tu m'as laissé, Casals ! Partir comme ça ! En pleine saison.

Sur le seuil de son refuge, Francis était apparu.

— Tu savais où me trouver. La preuve : te voilà !

— Te trouver : c'est beaucoup dire. Même pas de téléphone ! Dans quel siècle tu vis ?

Des retrouvailles bien peu émouvantes !

Francis avait tourné le dos à Martin et à sa fureur. Il avait repris le verre de vin qu'il allait entamer.

— Tu dis rien? Tu dis rien! s'étonnait Martin à quelques pas derrière lui.

Francis buvait à petites gorgées, debout devant la porte de la terrasse. Le gérant avait renchéri:

— Dis quelque chose, maudit Français!

— Bonjour, Martin! Tu as fait bon voyage? Un peu de vin du pays, peut-être?

L'ironie charmeuse de Francis avait toujours su désarmer Martin qui avait, cette fois encore, succombé et accepté l'offre pour se donner la chance de reprendre la conversation à zéro. Il sentait maintenant le ridicule de son arrivée intempestive. Pour rendre un peu de civilité à leurs rapports, il avait tenté quelques excuses:

— Tu comprends… La fatigue du voyage. Le temps perdu sur l'autoroute. Et puis, ton bled, pas évident à trouver.

Francis lui avait tendu un verre. Penaud, Martin avait ajouté en s'asseyant:

— J'aurais dû arriver en ami, pas en gérant excédé!

— Déjà oublié, Martin. Quelle est l'urgence?

Martin était aussitôt redevenu tendu.

— J'ai dû te faire remplacer dans Molière. À trois semaines d'avis. Bon, on a réagi sans faire trop de vagues, étant donné tout ce qui t'est tombé dessus depuis un an. Un peu de compassion existe encore dans le milieu, faut croire… Mais les entrevues annulées, les journalistes vont te les faire payer, Francis. Ils ont le gros bout du crayon, ces gens-là. Ton refus de revenir participer au *Quizz du jeudi*, le mois dernier, la chaîne n'a pas apprécié. Vraiment pas du tout. Un engagement prévu depuis des mois. Avec une entente signée à part ça! Quant aux *shows de plugs,* le producteur comptait sur toi. Tu en avais trois dans la même semaine pour la sortie de la mini-série. T'as réussi à te faire plus d'ennemis en deux mois que dans toute ta carrière. Bravo!

Francis était resté debout devant la fenêtre.

— Ça n'a plus d'importance, tout ça ! avait-il fini par laisser tomber, calmement.

— Qu'est-ce que tu racontes ?

Martin s'était levé d'un bond et avait éclaté :

— Tu te fais curé ou moine bouddhiste ? Monsieur se détache des biens de ce monde. Monsieur devient zen. Monsieur fuit la gloire et la fortune. Monsieur laisse la merde à son agent qui n'a plus qu'à s'en beurrer les babines. Aïe ! Reprends-toi. Reviens sur terre. T'as des contrats à respecter.

Plus le gérant s'emportait, plus le comédien restait imperturbable.

— Je quitte tout : la scène, la télévision, les films. FINI ! La fin, *finita*, *the end*. Tu saisis, Martin ?

— Un truc publicitaire ?

— Mais tu ne veux vraiment pas comprendre !

— Tu fuis, Francis, et le ton de l'agent avait monté encore d'un cran. Tu ne pourras pas fuir toute ta vie. Tu es en pleine forme physique, tu as plus de trente ans de métier ; tu es l'un des comédiens les plus en demande à Montréal, à Ottawa et à Toronto. T'as 62 ans. Tu vas pas t'enterrer vivant ? Surtout pas ici ?

Martin s'était lui-même resservi à boire. Après une généreuse rasade, il avait tenté de se montrer plus conciliant :

— Écoute, mon vieux. Je sais. L'année a été cruelle. Épouvantable. Horrible. Écœurante ! On peut ajouter tous les adjectifs que tu veux. Mais faut pas te laisser abattre. Pour oublier, y a rien qu'une solution : reprendre le collier.

— J'ai besoin de plus de temps.

La détermination de Francis avait complètement déboussolé Martin. Il n'avait plus su comment prendre celui qu'il croyait jusque-là connaître. Il l'avait vu plus souple, plus accessible.

— J'aurais dû y penser avant… Tu vas aller voir un psy. Je connais une fille très bien. Une grande puissance d'écoute ; elle a fait des merveilles avec des types drôlement plus amochés que toi. Dans quelques semaines, tu pètes le feu. Garanti! Ta carrière est sauvée. Tu fais de l'argent comme de l'eau. Et, si ça te chante, tu prends des vacances tous les ans dans ton magnifique château de Roquambour.

L'impatience avait brusquement gagné Francis. Cette conversation était sans issue. Lui et Martin s'exprimaient peut-être dans la même langue, mais ils ne parlaient plus le même langage.

Francis s'était mis à marcher de long en large dans la pièce. Martin, qui n'avait jamais pu supporter longtemps le silence, s'était écroulé de toute sa masse:

— Qu'est-ce qu'on devient si tu cesses de jouer?

— Je veux bien que l'agent fasse des comptes, Martin, mais que l'ami tente un peu de compassion.

L'ami s'était figé. Désemparé. Il avait soudain jaugé la profondeur du fossé qui le séparait de Francis. Après trente-sept ans d'amitié, il n'aurait pu imaginer ce point de rupture dans leur parcours. Il n'avait pas vu venir l'écueil qui menaçait leur navire.

À bout d'arguments, paralysé par la peur de laisser échapper une autre parole malhabile et de détruire irrévocablement leur amitié, Martin s'était tu. Quelques instants seulement. Des instants fort longs pour son caractère bouillant!

D'une voix affable, il avait finalement simplement prononcé:

— Je veux essayer de comprendre, Francis. Explique-moi…

Martin était reparti le lendemain. Visiblement triste, mais moins rébarbatif, moins agressif qu'à son arrivée. Il n'était pas certain d'avoir saisi vraiment ce que lui avait expliqué Francis…

Comment un homme qu'il avait toujours perçu comme solide, indestructible, pouvait-il avoir besoin de s'arrêter et de faire le point? Pourquoi un comédien brillant et respecté cherchait-il à s'enfermer «pour avoir du temps», juché sur une montagne de l'autre côté de l'Atlantique? Martin n'avait pu s'empêcher de penser en regardant les murs défraîchis du logis «Moi, j'en mourrais!» Il s'était senti rejeté par celui dont il partageait la vie professionnelle et amicale depuis des décennies.

Les deux hommes se devaient tout l'un à l'autre. Bien sûr, Martin était aussi devenu, depuis le temps, l'agent d'autres artistes, mais il entretenait avec Francis un lien privilégié.

Ensemble, ils avaient parlé jusque tard dans la nuit. Comme autrefois... Ils s'étaient rappelé leur rencontre dans une boîte de nuit, rue de la Montagne, à Montréal.

Francis arrive de France. Le «Tu débarques, maudit Français?» de Martin le conquiert d'emblée. Il aime tout de suite chez Martin la simplicité, la franchise, l'absence de circonvolutions verbales, ses impulsions bon enfant. Martin manque bien un peu de raffinement, mais ses audaces et ses maladresses attendrissent plus qu'elles ne choquent Francis. Il devient un merveilleux cicérone dans ce Québec de 1967 qui s'ouvre sur le monde, rue dans les brancards et cherche à s'affirmer.

À la fin des années soixante, arriver de France n'était plus une recommandation en soi comme cela avait été le cas dix ou quinze ans plus tôt. Francis avait dû faire son chemin comme n'importe quel jeune de son âge. Mais, les voies étaient alors nombreuses, invitantes, et le soleil brillait pour tout le monde.

Francis s'était trouvé un emploi de garçon dans un resto-bar de la rue Saint-Denis. Son accent chantant garantissait un cachet d'authenticité au petit restaurant qui voulait se donner des airs de bistrot français. Le garçon avait la parole roucoulante, le sourire charmeur, un esprit vif et une vigueur rafraîchissante. Les filles lui tournaient autour. Martin l'admirait beaucoup… et l'enviait un peu.

— Tu te rappelles les soirées chez la *Mère supérieure*? avait demandé avec nostalgie Martin dans la nuit de Roquambour.

Francis se souvenait, bien sûr! Leur vie de noctambules demeurait un souvenir bien vivant.

— Ton premier spectacle, Francis, tu te souviens?

Après le boulot, Francis s'essaye à chanter. Martin s'occupe de lui assurer des conditions raisonnables. Tous deux croient s'amuser, mais ils découvrent et apprennent chacun un métier. Francis se monte un bon répertoire; il sait faire passer l'émotion et il a beaucoup de présence devant un micro. Sa voix n'est certes pas celle d'un chanteur d'opérette, mais, dans les boîtes à chanson, ce sont les textes et l'émotion de l'interprète qui comptent.

Un soir, un vieux comédien devenu chanteur permet à ce jeune chanteur de devenir comédien. Un rôle secondaire lui est offert dans une production d'un théâtre d'avant-garde.

Francis y est immédiatement remarqué. «Un jeu sobre et une gueule à faire rêver», dit la critique au lendemain de la première. La carrière de Francis démarre rapidement. Martin Giguère, après les épreuves du Barreau, devient officiellement l'agent de son ami.

Il n'avait jamais eu à le regretter. Du moins, jusqu'alors…

13.

Seul devant le feu de cheminée, Francis se sentit à nouveau envahi par la culpabilité. La magie lumineuse de la place n'arrivait plus à voiler la vérité qui le hantait : laisser Gervaise mourir loin de lui avait été un crime ! Un crime par omission, mais un crime tout de même. Impardonnable.

Malgré toutes ses tentatives pour en étouffer la voix, sa conscience reprenait du service. Francis avait fort bien réussi, au cours de sa vie, à la faire taire : sous la pluie des acclamations, dans le premier échange des regards avec les amantes d'une nuit, aux berges de l'amour avec Marie, dans l'éblouissement de la naissance de Sophie.

Il avait eu une fille dont il disait qu'elle était la prunelle de ses yeux. Une femme qu'il nommait la perle de ses jours. Et une mère qui avait été l'ange de son enfance. Trois femmes, bien réelles, dont il n'avait pas su alimenter le souffle. Trois amours dont il avait laissé couler le sang généreux entre ses doigts.

Il leur avait préféré la gloire. Pire, la gloriole avec ses applaudissements trépidants et ses ovations dont on gratifiait aujourd'hui tous ceux et celles qui montaient sur les planches. Il leur avait préféré les autographes, les fans, les entrevues superficielles et répétitives où il jouait les êtres secrets. Une excellente publicité, ça ! Les petites vérités banales qu'on ne livre qu'au compte-gouttes. Les révélations sans importance qu'on accorde comme un viatique. La promotion de soi était pour Francis un art. Comme le théâtre, le cinéma, la télévision. Il avait compris très tôt que, s'il fallait aller au bout de son talent pour réussir, il fallait aussi savoir se vendre. Et bien. Francis était devenu un expert dans ce domaine !

Les pensées bouillonnèrent en Francis. Déroutantes. Troublantes comme une aurore aux prises avec la brume. Il pensait de nouveau à Martin. Il n'avait pas su trouver les mots avec lui. L'ami était reparti heureux qu'ils aient tous deux partagé leurs souvenirs. Mais Martin ne comprenait pas plus qu'à son arrivée ce que vivait son vieux complice.

Francis avait pourtant tenté d'être clair :

— Je veux vivre. Sans fard.

Ces mots, il les avait chantés sur toutes les notes et dans toutes les tonalités. De vraies vocalises.

— Je ne veux plus courir dans la roue de hamster que tu appelles « la belle vie ».

Pour Martin, vivre, c'était travailler, et travailler, c'était s'agiter. Il fallait que ça bouge, que ça tourne, que ça roule. Martin devait s'étourdir de mots, de gestes, de rêves éclatés. Vivre, pour lui, c'était jongler avec la panoplie des technologies, se précipiter sur l'autoroute dans une voiture sport, décrocher son cellulaire et entamer une conversation d'affaires à 130 km/h. C'était faire courir ses doigts sur le clavier du portable pour préparer une tournée mondiale à 10 000 mètres au-dessus de l'Atlantique.

— Au bout de la route, Martin, qu'est-ce qui compte ?

Francis se revoyait sur la terrasse, bien campé devant son ami qui avait répondu avec la voix d'un enfant docile cherchant à deviner ce qu'on désire lui entendre dire :

— L'amour ? je suppose.

Francis avait haussé les épaules. Il pensait plutôt au temps qui ne tenait jamais compte de ce que l'on faisait sans lui. Au temps dont il fallait savoir nourrir l'amour. Au temps qu'il avait refusé aux trois femmes de sa vie. Au temps qui lui restait peut-être encore et qui, maintenant, se mesurait à d'autres jauges…

À Martin qui s'impatientait discrètement, Francis avait aussi longuement parlé des plaies qui ne se cicatrisaient jamais. De l'angoisse qui vous déchirait quand il devenait évident que l'on avait tout gâché.

— J'ai plein de contrats pour toi, avait objecté une dernière fois Martin.

Pour Martin, l'amour avait toujours eu à peu près le même âge… depuis trente-cinq ans. Toujours la même couleur de cheveux. Toujours la même taille. Dans le tourbillon qui lui servait de vie, il ne pouvait savourer l'amour qu'éphémère et anonyme.

Francis n'avait plus insisté.

Avant qu'en Martin le gérant ne chassât une fois de plus l'ami, Francis lui avait donné l'accolade. Les deux hommes s'étaient quittés avec tendresse…

Dans la nuit neigeuse, Francis se laissa entraîner, une fois encore, dans la spirale de ses souvenirs. Récents. Anciens. Éternels.

Un courant d'air glacé le ramena brusquement au présent.

Sur la table, la flamme des bougies s'affolait. Francis se précipita vers l'escalier. La porte d'entrée était béante. La neige pénétrait en rafales.

Dans l'embrasure, Berger fixait son hôte avec hauteur et, lui tendant une bouteille de vin de pays et un monstrueux morceau de fromage, lança insolemment :

— Me voilà !

— Je vous attendais, Berger.

— Soyons exacts : vous m'espériez…

14.

Depuis son arrivée à l'ermitage, Berger observait l'homme qui l'observait. Il scrutait les va-et-vient de Francis comme Francis scrutait les siens.

À Majou, il écoutait les conversations des hommes au café et prêtait l'oreille aux ouï-dire des femmes qui chuchotaient devant l'étal du boucher. Il retenait avec amusement ce qui se disait. Ce qui s'insinuait. Ce qui circulait comme un sang contaminé dans les ruelles du village.

Intrigués par ce retour inopiné de Francis, les villageois injectaient quelque venin à la banalité de la rumeur :

— Bizarre, vous ne trouvez pas ? Lui qui n'était jamais revenu en quarante ans !

— Qu'est-ce qu'il peut bien venir faire à Roquambour ?

— Il se cache, c'est évident.

— Vous croyez ?

— Il prend peut-être des vacances.

— Il paraît qu'au Canada il est très connu !

— C'est une star de la télé, qu'on m'a dit !

— Pourquoi venir s'enfermer au hameau, alors ?

— Il se cache de quelqu'un, je le sens, je vous le dis…

— Il fuit peut-être des créanciers…

— Vous croyez ?

— Il a eu un visiteur…

— Il faut croire que Majou s'ouvre au tourisme, s'était moquée l'épicière en fixant Berger…

Berger restait imperturbable devant toutes ces suppositions et ces allusions.

Il avait rapidement compris que Malepeyre et Couston avaient des avis divergents sur leur compagnon d'enfance. Pour monsieur le maire, Casals était un prétentieux que le temps n'avait pas encore assez rabroué. De son côté, Lucien soutenait que Francis était le meilleur gars du monde et que la célébrité ne l'avait pas changé. Ce Lucien gardait une admiration sans borne pour l'ami revenu d'Amérique.

Berger avait aussi noté que l'attitude des deux compères changeait du tout au tout en présence de l'intéressé. Malepeyre semblait surveiller les allées et venues de Casals. Au café, chaque fois que le comédien s'approchait de Lucien, monsieur le maire revendiquait sa place à leur table et assurait tournée sur tournée. Il lui faisait une cour obséquieuse alors que l'ami d'enfance devenait muet. Casals finissait par se retirer et Couston par tituber jusque chez lui.

Berger jouissait de ce spectacle. C'est qu'avec l'arrivée du comédien, la vedette échappait quelque peu au maire. Ce Casals à la taille altière, aux gestes élégants, aux répliques lancées avec verve et à-propos occupait maintenant le devant de la scène villageoise. Du haut de son mètre cinquante, Jean Malepeyre avait plutôt l'air d'un olivier rabougri! Berger appréciait la présence de Francis au village ne serait-ce que pour voir monsieur le maire s'agiter dans l'ombre d'un autre!

Berger avait maintes fois surpris les regards interrogateurs de Casals face à lui. Il sentait que sa présence l'intriguait et de cela il tirait un malin plaisir.

De l'ermitage où il logeait, Berger guettait, à la tombée du jour, la lumière qui s'échappait des fenêtres de Francis. Il appréciait cette veilleuse dans sa nuit sombre. Cette lampe de chevet pour son abri de fortune.

Depuis toujours, Berger avait aimé jouer le mystérieux, le desperado. Le gouffre l'avait toujours attiré. Il ne dédaignait pas, parfois, s'aventurer sans filet sur ses bords.

Au risque d'y perdre pied…

15.

Il avait neigé toute la nuit. La route vers Roquambour n'était plus qu'une série de boucles immaculées que nul n'oserait dénouer tant que durerait ce froid sauvage. Le vent s'était tu. Le temps s'était arrêté. Le hameau était complètement isolé. Quel merveilleux cadeau de Noël que cette neige qui ordonnait le repos du manège !

Sur le seuil de la porte, Berger s'émerveillait. Francis, lui, traversait lentement la place. Seule la trace de ses pas en ombrageait la blancheur spongieuse et témoignait du présent en ces lieux oubliés. Avec tristesse, Francis mettait fin à la fête au hameau. Le théâtre de minuit devait faire relâche. De la maison de Berthe à celle des Dalvergne, il allait à regret, éteignant, un à un, les feux de joie.

Puis, les deux hommes attendirent dans le silence ouaté de la place la naissance de l'aurore. Ils frissonnaient de fatigue et, de leurs bouches, s'échappaient des vapeurs timides. Soudain, une lame pourprée embrasa les toits. Le jour venait d'éclore entre deux rouleaux de nuages.

Francis repensa à la nuit qui agonisait.

L'arrivée de Berger avait été un moment bénit pour Francis. L'heure inespérée où la fraternité avait frappé à sa porte.

Un diable d'homme que ce Berger ! Il savait percer le cœur humain.

Lui, Francis Casals, n'était pas allé à la bergerie au mitan de la soirée pour inviter à réveillonner un berger sans troupeau ; il était allé supplier un autre humain de lui tenir compagnie. Il avait eu un intense besoin de présence en cette nuit de Noël qui le lapidait d'atroces images. Berger l'avait tout de suite compris. Qu'en l'éveillant de son sommeil éthylique, il lui ait sauvé la vie n'avait été qu'une heureuse coïncidence.

Berger, caché dans l'ampleur de sa houppelande, pensait lui aussi à ces dernières heures. Au fond de son réduit humide et glacial, il avait cru à une présence surnaturelle, tant était profond son engourdissement. La venue de Francis l'avait sûrement arraché à la mort. Mais peu lui importait. Il s'y était résigné… En lui offrant de continuer à vivre, Francis lui avait permis de sauver la face. L'orgueil de Berger lui en serait éternellement reconnaissant.

Ils avaient bien mangé et beaucoup bu. Francis n'avait rien appris de plus sur Berger. Berger n'avait rien su de nouveau sur Francis. Ou si peu… Quelques traits esquissés à la hâte qu'il avait pu greffer à ce qu'il entendait au village depuis trois semaines. Au dessert, Berger lui avait demandé combien de temps durerait son séjour à Roquambour. Francis avait haussé les épaules.

Berger ne l'appelait plus que «l'Acteur». Il n'avait pas cherché à pénétrer dans la vie intime de son hôte. Les deux hommes avaient parlé de théâtre. Les connaissances de Berger dans ce domaine et dans bien d'autres avaient surpris Francis qui n'avait toutefois pas osé poser à son compagnon la question qui lui brûlait les lèvres le précédent après-midi, au café : Berger… un nom ou un métier ?

Francis et son invité s'étaient étudiés, examinés, toisés à travers des mots simples et des phrases banales. «Un des textes les plus insipides qu'il m'ait été donné de jouer», pensait Francis en rejoignant son compagnon sur le seuil de la maison. «Mais quel sous-texte ! Quels silences éloquents ! Quelle complicité des regards ! »

L'épuisement gagnait les deux hommes. Berger bâilla longuement, puis s'étira. Francis l'imita. Ils éclatèrent d'un grand rire sonore.

— Il faut dormir. Je vous installe un lit.

Berger refusa net. Il semblait offensé par l'offre de Francis.

— Je rentre chez moi, avait-il répondu en indiquant l'ermitage.

— Ce serait une folie !

Francis insista. Ce froid allait durer. Il était dangereux de s'exposer ainsi. Berger tergiversait. Francis argumentait. Finalement, Berger accepta de rester, mais dans la salle du bas, là où s'entassaient le bois et les outils rouillés. Francis estimait ce choix étrange, mais il se plia à l'exigence de son excentrique compagnon.

— L'Acteur... commença Berger en se raclant la gorge, de ce séjour chez vous, vous ne soufflez mot à personne.

C'était un ordre. Francis fut surpris de l'autorité avec laquelle Berger l'avait formulé. Il retint un « pourquoi ? » et promit de bonne grâce, mais non sans trouver étrange une telle injonction.

Il suspendit sa canadienne au crochet à côté de la porte, monta à l'étage pour en revenir bientôt avec un oreiller et une épaisse couverture.

— J'ai ce qu'il me faut, répondit sèchement Berger en désignant sa houppelande.

Avant d'aller se coucher, Francis confia à Berger qui s'était déjà allongé sur le sol :

— Je suis revenu au pays pour y rester.

Et il s'empressa d'enchaîner avec une gravité feinte :

— De ma décision, vous ne soufflez mot à personne.

Ce fut au tour de Berger de s'étonner : il n'attendait plus réponse à sa question de la nuit. Amusé par le sarcasme de la consigne et touché par la confidence, il avoua :

— J'en suis bien aise, l'Acteur !

❧

La lumière du matin de Noël s'était vite effacée et les averses de neige s'étaient succédé toute la journée. Le froid avait rusé avec le vent et gardé ainsi Roquambour à l'abri du monde, trois jours durant.

Le quatrième jour, le temps glacial disparut. Sous un soleil généreux, Berger retourna à l'ermitage.

Dans sa maison désertée, Francis se sentait triste, vidé. L'invité rébarbatif qui ne racontait rien sur lui-même, posait rarement des questions sur les autres et ne s'était pas lavé depuis des semaines manquait déjà à son hôte. Le solitaire à la houppelande s'était avéré un intéressant compagnon pour Francis. Passant de remarques sentencieuses à des phrases fragiles qu'ils laissaient en suspens, les deux hommes avaient parlé de la vie, de l'amour, de la mort. Francis avait vu percer sous son déguisement de mendiant un Berger philosophe, cultivé, grand lecteur. Il avait fait aussi connaissance avec le fin conteur et le virulent caricaturiste qui, d'allusions acérées en traits soutenus, s'était plu à railler les gens de Majou, leurs travers, leurs manies. Les observations de Berger, les racontars colportés avec humour, avaient permis à Francis de constater que les personnages décrits par Berger ressemblaient beaucoup aux camarades d'école des années cinquante…

— Manger du prochain ne nourrit pas son homme, avait lancé Francis, un soir, en se dirigeant vers la cuisine pour y chercher un reste de pâté et du pain.

— Moi, je me gave de cette viande-là depuis près de quarante ans, l'Acteur, et je m'en porte assez gras !

Des hauteurs de sa chambre, Francis contemplait les lambeaux de blancheur encore accrochés aux flancs de la montagne, témoins condamnés d'un fugace hiver.

Francis suivait Berger. Celui-ci grimpait d'un pas ferme vers les pierres usées qui tenaient pourtant bon sous le poids des siècles. Berger ressemblait à cet ermitage : corps massif, charpente solide et harmonieuse. Comme lui, il assumait ses ans, son passé et son présent. Comme lui, il pouvait être qualifié d'ombre taciturne et distante ou de force grave et tenace. Tout dépendait de l'angle choisi.

Francis admirait la perspicacité de son invité. Peu avare de commentaires sur les habitants de Majou, Berger était resté presque muet sur les gens de Roquambour.

Mais, ce matin-là, en vidant son bol de café, il avait lancé à la surface lisse du silence :

— Ce hameau est un camp de réfugiés, l'Acteur.

Francis s'était arrêté de boire, troublé comme l'étang qu'une pierre plate abîme de ricochets. Des anneaux d'enfance ondulaient à la surface de sa mémoire.

— Pourquoi dites-vous cela ?

— Roquambour est une grotte où viennent se réchauffer les rescapés de la vie. Ils viennent y chercher le repos, à l'abri du tumulte qu'on mène en bas, dans tous les Majou du pays. Réfugiée, la Berthe Sabaté ! Réfugiés, les jeunes Dalvergne !

Francis s'était alors aventuré à poser la question qui lui brûlait les lèvres :

— Et vous, contre qui ou contre quoi cherchez-vous refuge à Roquambour ?

Berger avait fixé Francis, un rictus aux lèvres. Frottant ses joues pileuses, il avait fini par répondre :

— Je n'y cherche ni refuge, ni repos.

D'un geste emphatique, il avait vidé son bol de café. Le dos bien droit et le regard insolent, il s'était enquis :

— Et vous, l'Acteur, qu'y cherchez-vous ?

Francis s'était fait laconique :

— Un enfant.

Berger était descendu dans la salle du bas, suivi de Francis. Il avait revêtu sa houppelande, enfoncé son chapeau sur sa tête chevelue, repris son sac de toile et ouvert la porte.

Francis était resté sur le seuil de sa maison pendant que Berger s'avançait vers le bassin de la fontaine. Dos à son hôte, le visiteur avait humé l'air doux de la matinée. Il était revenu vers Francis.

— À quoi donc vous servira cette quête d'un enfant?

— À comprendre qui je suis.

Berger avait serré la main que lui tendait son hôte avant de murmurer:

— Vous n'êtes déjà plus le même, l'Acteur.

16.

Francis pensa aux « réfugiés » de Roquambour. Il eut
tout à coup grand-hâte de les revoir tous les trois. Il cons-
tatait combien, en peu de temps, il s'était attaché à eux. Il était
devenu l'un des leurs.

Il en avait connu des embrassades théâtrales, des déclarations ostentatoires d'amitié indéfectible les soirs de premières
et d'admiration émue les nuits de galas devant l'œil gourmand
des caméras. Émouvantes manifestations d'éphémères vérités,
de passagères sincérités qui n'avaient rien à voir avec l'émotion qui vibrait en lui, maintenant.

Il se rendit à Perpignan, visita quelques boutiques, avant
de s'attarder dans une grande surface où il dénicha enfin des
présents.

La lumière du jour glissait vers le crépuscule. Francis, en
traversant Majou, avait constaté que les commerces étaient
tous clos, même le café. Le village semblait en berne !

Quoique surpris de cette tranquillité, Francis n'avait cherché
aucune explication, pressé qu'il était de rentrer à Roquambour :
le chat de mademoiselle Berthe l'attendait sûrement, installé sur
le bord d'une fenêtre. Il enchaînait rapidement les lacets de la
route. Il souriait à l'avance de l'étonnement de ses voisins : c'est
avec des présents, des fleurs, du champagne et les bras ouverts
qu'il allait accueillir ceux qu'il attendait comme une famille.

Au dernier virage, Francis croisa deux automobiles qui descendaient résolument vers le village. Il reconnut, dans l'une d'elles, le maire et le boulanger. L'air furieux, les deux hommes n'avaient pas semblé le voir. L'autre véhicule était celui d'Albert Albeilhon : Lucien et le cafetier y discutaient vivement, gesticulant jusqu'à l'imprudence. D'instinct, Francis accéléra en direction de l'ermitage.

Là-haut, aucun mouvement. Francis appela. Personne ne répondit. La nuit était tombée et les étoiles qui s'enflammaient pourtant avec arrogance n'éclairaient rien.

Francis ralluma les phares de sa voiture et, plongeant dans le triangle lumineux qu'ils avaient fait naître, se dirigea vers l'entrée des ruines.

— Berger ! Vous êtes là ?

L'ample silhouette de Berger se découpa soudain sur les murs de pierre. Immense. Menaçante. Francis se retourna d'un bond. Berger jouait aux ombres chinoises, devant sa voiture.

— Qu'est-ce qu'ils voulaient ?

— Ils s'inquiétaient…

— Les voilà rassurés ?

— Non, déçus.

— Ils avaient l'air… enragé.

— Ils l'étaient ! lança Berger avec un rire sardonique.

Francis se sentit brusquement mal à l'aise, comme s'il s'était permis une intrusion dans un monde qui n'était pas le sien. Il s'expliquait mal la hargne de Berger contre les villageois venus vraisemblablement s'informer de lui. Il devinait qu'au théâtre de l'ermitage, on interprétait un drame dont il ne saisissait pas la nature exacte.

Quel rôle lui faisait-on jouer ? Le héros sans peur et sans reproche des jeux d'autrefois avec Lucien ? Le confident d'un prince déguisé en clochard ? Le témoin à charge ? L'importun dont on ne sait que faire ? Ou pire : lui, le comédien chevronné, n'était-il ici qu'un simple figurant ?

Francis se sentit comme le dindon d'une mauvaise farce. Il marcha vers Berger, la mâchoire serrée, les sourcils froncés.

— Qu'est-ce qui ne va pas, l'Acteur ?

Sans répondre, Francis regagna sa voiture. D'un geste impatient, il indiqua à Berger de s'en écarter. Aussitôt installé au volant, il démarra en trombe.

Francis ne pouvait dormir. Il analysait, disséquait, décortiquait la scène de l'ermitage. Il s'en extasiait même : « Quel jeu hallucinant ! » pensait-il. Berger savait se réserver de surprenants moments d'ostentation. Il avait servi à Francis un bel exemple de son talent. Mais pourquoi ? Francis ne comprenait toujours pas. Pourquoi ce rejet tacite après la complicité des derniers jours ? Et que faisaient les compères du village dans l'antre de Berger ? Quel lien les rassemblait donc tous ?

Trois semaines auparavant, Berger était apparu à Majou. Un fantôme détesté. Mais attendu. Depuis, par sa seule présence, il défiait, provoquait, tourmentait. Et quand le village se retrouvait sans nouvelles de lui, les Malepeyre, Albeilhon, Couston et Séguéla se précipitaient à sa rencontre. Quel mystère hantait le village ?

Francis revisita ses plus récents souvenirs en quête d'une réponse. Quelques bribes des dialogues qui avaient meublé le long tête-à-tête avec Berger lui revenaient :

— Ça ne gêne pas l'homme fier que vous êtes de mendier votre pitance au village ?

— Je prends ce qui m'est dû, l'Acteur.

La voix était sèche, le ton amer et, dans les yeux de Berger, Francis avait entrevu la lame acérée de la vengeance. Un frisson l'avait traversé. Il s'était contenté de dire :

— Je saisis mal.

— C'est que vous n'avez pas toutes les données.

— Et vous, vous êtes avare du moindre indice !

Un rire mordant, avait retenti.

Le lendemain, Francis avait osé revenir à la charge :

— Pourquoi ce séjour à Majou, Berger ?

Francis au port fier, aux gestes larges et Berger trapu, musclé, le visage ridé, s'étaient toisés avec hauteur.

Berger avait répliqué, entre les dents.

— Une dette, ça se paie.

17.

Depuis la visite éclair de Martin en novembre, Francis lui téléphonait une fois la semaine. Promesse faite. Promesse tenue qui rassurait l'ami tout en tenant le gérant à distance.

Ce jour-là, quand Francis sortit de la cabine de la poste, Lucien était seul au comptoir. En deux mois, les anciens inséparables ne s'étaient guère vus en tête-à-tête. Lucien semblait toujours heureux de parler à Francis lors de rencontres fortuites, mais jamais il n'avait répondu à ses invitations répétées de lui rendre visite à Roquambour.

Quelquefois, au café, ils s'asseyaient ensemble, comme si le moment était enfin venu de reprendre le fil de leur amitié. Aussitôt, monsieur le maire s'approchait... La conversation changeait de rythme, de sujet : on discutait politique, tourisme ou immigration. D'autres buveurs venaient les rejoindre et Francis voyait chaque fois s'éloigner le moment des véritables retrouvailles avec Lucien.

— Je t'attends toujours au hameau, moi. Tu te défiles? Ou peut-être bien que Roquambour est trop loin de Majou?

Lucien s'immobilisa dans la pénombre qui avait gagné le local. Après un toussotement, il déclara :

— Laisse-moi fermer boutique...

Lucien s'empara d'un cendrier et invita Francis dans le sobre bureau meublé d'un pupitre, d'un classeur et de trois chaises branlantes. Il alluma une cigarette et chuchota :

— J'aime mieux ne pas monter là-haut.

— Tu te rends pourtant à l'ermitage…

Lucien répondit d'une voix ferme :

— Ne te mêle surtout pas de ça !

— De quoi ? De tes sorties avec Malepeyre, Albeilhon et Séguéla ?

Lucien aspira nerveusement quelques bouffées. Son regard était devenu anxieux. Celui d'un homme traqué.

— Tu es parti depuis des années, Francis. La vie, ici, n'est plus tout à fait la même que dans le temps… Toi, tu as perdu l'accent. Moi, bien autre chose.

— Et si on en causait de toutes ces années ?

— Y a rien à raconter. Rien que la vie, quoi !

— Alors causons, vieux frère, causons de la vie.

Le « vieux frère » avait ému Lucien. Il camoufla un sourire sous sa moustache. Francis attendit, patient. Lucien enleva sa casquette et passa ses doigts effilés sur son crâne dégarni. Lentement. Très lentement.

Il bégaya :

— Tu… te souviens de la… Nicolette ?

— La petite brune dont tu tirais les tresses ?

— Celle-là même !

— Eh bien ?

— Je l'ai épousée. On a eu une fille, qui vit du côté de Toulouse. On se voit bien peu. Enfin… presque jamais…

Lucien écrasa son mégot, émiettant nerveusement le tabac dans le fond du cendrier. Machinalement, il reprit son paquet, s'alluma une seconde cigarette et, d'une voix monocorde, enchaîna :

— Tu te souviens de Gilbert ?

— Gilbert… attends… Gilbert le bouffi ?

— Lui-même.

— Qu'est-ce qu'il est devenu, celui-là ?

— L'amant de la Nicolette…

La phrase brûla dans la pénombre comme une étincelle échappée du brasier. Les anciens amis se taisaient. Francis gêné par la révélation de Lucien, et Lucien soudainement soulagé. Francis confia alors de sa voix modulée :

— Moi aussi, j'ai une fille. Et une femme aussi. Enfin… Je devrais plutôt dire… j'ai eu…

— Elles sont…

— Oui.

— Un… accident ?

— On peut dire ça, oui… Un accident dont je suis responsable…

Lucien regarda son ami d'enfance avec compassion. Son malheur à lui lui sembla tout à coup bien léger. Naïvement, il confessa :

— Alors là… Francis, j'aime mieux avoir été… enfin tu sais ce que je veux dire… Ça tape dur sur l'orgueil, mais beaucoup moins sur…

Lucien s'interrompit abruptement.

— Sur la conscience ? acheva Francis.

— Ce n'est pas ce que je voulais dire, tu le sais bien.

Lucien sembla terriblement accablé.

— C'est bon de te retrouver, Lucien, ajouta Francis pour mettre fin au malaise.

L'employé de la poste remit sa casquette, la rajusta à quelques reprises. Il était pardonné.

Francis changea brusquement le sujet de la conversation :

— Et si tu me parlais de Berger.

— Oh ! Celui-là !

La réponse avait été sèche. Il se leva, tournant le dos à Francis.

— C'est tout ? s'informa Francis.

— Tiens-toi loin de lui.

— D'où sort-il?

— De prison. Et… et… il n'a pas toute sa tête.

Lucien se dirigea vers la patère où pendait son blouson de cuir. Il ajouta, entre les dents :

— Méfie-toi !

— Alors, pourquoi le prend-on en pitié à Majou ?

Lucien regarda son compagnon, l'air ahuri, les sourcils arqués. Francis dut s'expliquer :

— Bien… Il survit quand même grâce à votre générosité, non ? Ça, tu ne peux quand même pas le nier !

La mâchoire crispée, Lucien lança sur un ton cinglant :

— C'est une histoire entre gens d'ici.

Puis, il se dirigea résolument vers la sortie. La main sur la poignée de la porte, il attendit Francis qui, après avoir revêtu sa canadienne, nouait son cache-col. Au moment de franchir le seuil, Lucien, adouci, invita Francis à boire un pot.

— Je préfère rentrer, répondit Francis, agacé.

En démarrant la voiture, il ajouta, avec rancœur :

— Les « gens d'ici » ne m'en voudront sûrement pas !

Le trousseau de clés à la main, Lucien comprit qu'il avait encore gaffé. Il hocha la tête, et prit tristement le chemin du café.

18.

FRANCIS ARRIVA CHEZ LUI avec le sentiment insolite d'être de nulle part. Il n'était plus « d'ici ». Lucien le lui avait fait savoir spontanément. Lucien avait raison : sous certains aspects, Francis n'était plus d'ici. Il avait perdu le fil du temps, de la continuité de ce coin de France qui avait été le sien. Comme on le lui rappelait sans cesse depuis novembre, il n'avait plus l'accent, cette preuve indiscutable, indéniable, pour les gens de Majou, de l'appartenance et de l'authenticité. Il était devenu « le Canadien ». Et « là-bas », il restait, depuis près de quarante ans, « le Français », un Français qui vieillissait sans la France. Dans ce « là-bas », il avait aussi perdu ses repères et son ancrage le plus fidèle.

Marie.

Il la revoyait dans l'éblouissement de la rencontre. Fraîchement émoulue de l'École nationale de théâtre, elle s'était tout de suite imposée dans le métier. Une jeune première pétillante, au jeu intelligent, au regard fougueux, à la voix rieuse, qui savait prendre la scène. Solide physiquement, elle pouvait se faire légère et souple pour passer des jeunes femmes affirmées d'aujourd'hui aux soubrettes taquines d'hier. Elle savait projeter les mots avec une rare authenticité, allumée par le rôle à vivre.

La chance lui avait été propice. Bénie des dieux, la Marie! Une actrice née qui avait su se munir d'une technique théâtrale éprouvée!

Francis ne peut détacher ses yeux de son visage. Est-elle belle? Il ne saurait le dire. La physionomie de Marie n'a rien d'exceptionnel. Elle n'a pas plus le minois mutin de l'ingénue de service que les traits découpés et arrogants de la femme fatale.

Marie, dans la rue, c'est une silhouette anonyme. Grandeur moyenne. Figure régulière. Rien de flamboyant dans la chevelure. Rien d'ostentatoire dans les gestes ou la démarche.

Mais, sur les planches ou devant l'œil de la caméra, Marie s'anime, ressuscite comme un phare à la tombée de la nuit. La lumière vient de l'intérieur. Marie joue avec une passion désarmante qui interpelle les autres comédiens et fascine l'auditoire qui en redemande. Dans le jade de ses yeux qu'illumine un amour incommensurable de la vie, chacun veut se noyer.

Francis qui s'enfonçait dans la quarantaine, Francis, l'homme à femmes, l'éternel amant, le bel indifférent, le fantasme le plus réel du petit écran, n'avait soudain plus vu que Marie Duval, sa partenaire dans un téléroman.

Quand ils s'étaient retrouvés à la fin du printemps de cette année-là de la même distribution d'un théâtre d'été, Francis avait usé de tous ses pouvoirs de séduction pour conquérir la jeune femme.

Marie n'avait craint ni la réputation de don Juan de Francis ni le fait qu'il était son aîné de vingt et un ans. C'était là pour elle un défi qu'elle voulait relever. Se faire faire la cour par le beau Francis Casals était, par contre, un plaisir auquel sa vanité n'avait pas su longtemps résister. Au-delà des compliments susurrés et du romantisme des tête-à-tête, au-delà de toute la savante machination du charme, Marie voyait aussi, en Francis, un petit garçon esseulé qui cherchait une épaule accueillante.

La dernière représentation de la saison d'été a eu lieu. Après le joyeux repas de la troupe et la fête qui le prolonge jusqu'à l'aube, Marie lui annonce qu'elle est enceinte.

Il ne la croit pas. Marie s'amuse, lui tend sans doute un piège pour mesurer son amour. Elle répète. Il ne veut pas la croire. Marie le regarde, ses yeux brillent, elle sourit à belles dents. Heureuse.

L'image de Gervaise traverse son esprit. Le visage de Pierre Ramadou le provoque avec un rictus amer. Tout ce qu'il a tenté d'éloigner de lui, tout ce qu'il a fui vient de le rattraper. Un seul mot et le passé refait surface. La vie vient de le prendre à bras-le-corps. Elle le secoue, le bouleverse, l'oblige à faire face. Elle s'apprête à rejouer le vieux mélodrame.

Alors, il prend Marie dans ses bras pour ne plus penser. Pour ne pas avoir honte. Pour racheter le passé. Il s'ancre à elle pour ne pas fuir le présent. Elle se blottit contre lui, rassurée, heureuse, comblée. Francis, lui, se tait. Comme il s'est toujours tu quand la vie l'a pris de court.

Aux premières loges, il ignore encore s'il assiste au début ou à la fin d'un rêve…

19.

Sur la table, Francis étalait les photos retirées des vieux albums poussiéreux, lisant religieusement ce que Gervaise avait inscrit sous chacune d'elles.

Francis se redécouvrait à trois ans tenant fièrement une balle qu'il s'apprêtait à faire rouler. Suivaient les souvenirs d'un dimanche dans l'appartement des patrons de Gervaise, monsieur Joseph et madame Roberte. Francis mangeant une glace au village. Francis à la fête à Montillon : il avait dix ans et il dévorait, à s'en rendre malade, des saucisses cuites sur le grand feu de ceps.

Francis constata que les albums n'avaient contenu que peu de photos de Gervaise elle-même. Tout y était consacré à l'homme de sa vie, ce fils-dieu en qui elle avait mis toutes ses complaisances. Par contre, apparaissait souvent l'ami Lucien. L'omniprésent. L'incontournable. Gervaise avait immortalisé leurs jeux : ils grimpaient aux arbres, ils jouaient aux billes, ils se battaient à l'épée de bois.

Francis déposa dans une boîte les photos où s'étaient figés les gestes presque synchronisés des siamois d'autrefois. Lucien, alors plus grand que Francis, avait mission de le protéger, mais c'est Francis qui prenait l'initiative des gamineries, poussait Lucien à plus d'audace, choisissait le rêve à jouer. Encore aujourd'hui à la poste… Il avait fallu que Francis le provoquât pour que Lucien parle enfin de lui. Un peu. Il n'avait jamais été celui qui imaginait, inspirait, proposait. Non, Lucien était loyal, fidèle. Il suivait, bon chien. Francis savait qu'il saurait mordre, et fort, s'il lui demandait de le faire.

En rangeant les photos dans l'armoire, Francis en découvrit une autre, coincée — Dieu sait depuis quand — entre une tablette et le fond du meuble. C'était la photo de Pierre Ramadou que Gervaise avait longtemps conservée dans un cadre d'argent, celle qu'elle tendait à Francis en lui parlant de l'homme merveilleux qui viendrait un jour les retrouver et les emmener vers le bonheur. C'était aussi cette photo qu'elle tenait à la main quand elle avait annoncé à son fils que le père attendu ne reviendrait jamais…

Francis examinait la photo de ce jeune homme de 20 ans. Au même âge, Francis lui ressemblait-il ? La forme du nez ? Le dessin des lèvres ? Peut-être… Mais le regard bleu de Francis, ce regard presque violet, c'était celui de Gervaise.

Francis se demanda « Qu'est-il advenu de Pierre Ramadou ? »

Francis a 24 ans. Avec Thierry, un copain, il part dans la vieille bagnole de celui-ci fêter au bord de la mer la fin de leur service militaire. Le soleil enivre la saison. Ils poussent leur promenade jusqu'à Cerbère, à la frontière espagnole. Ils boivent, flânent et rient beaucoup. De tout et de rien. Longtemps.

Le jour a disparu derrière les Albères. Il faut rentrer. Aux abords de Port-Vendres, la voiture tombe en panne. Le garage le plus près est fermé. Thierry doit se présenter à un nouveau travail, tôt le lendemain, à Perpignan. Il rentre en stop. Francis reçoit mission de faire faire les réparations nécessaires. Faute de mieux, il dort dans le véhicule en attendant l'ouverture du garage.

Au matin, un vieillard avait frappé à la portière pour le réveiller et, avec une pointe d'ironie, l'avait renseigné :

— Le mécano, il ne s'amène que sur demande, mon petit ! Il faut aller du côté du bistrot.

Là, la cafetière avait crié sur un ton sarcastique :

— Un client, monsieur le mécanicien !

La journée était jeune, mais l'homme déjà éméché. Il avait balbutié, la cigarette aux lèvres :

— M'en fous, des clients ! Je les emmerde, les clients !

Francis s'était assis devant l'homme irrité et jouant de ce sourire que Gervaise qualifiait de dévastateur, il avait expliqué :

— Je dois absolument être à Perpignan cet après-midi. Soyez gentil, dites-moi que je peux compter sur vous.

Le mécanicien avait fait l'indifférent. Francis avait insisté. L'autre devenait carrément arrogant.

— Pourquoi ? Pourquoi je ferais ça pour vous, hein ?

Avec une douceur étudiée qui aurait attendri le roc de Gibraltar, Francis avait répondu :

— Pour que ma mère ne s'inquiète pas…

Autour, les clients écoutaient, ravis de cette conversation qui les changeait des rituels établis. Le mécanicien avait terminé son verre. Les mains appuyées sur la table, il s'était levé, avec un effort évident.

— T'as raison. Faut pas inquiéter les femmes. Surtout pas une mère…

Francis l'avait suivi de l'autre côté de la rue. L'homme clopinait, son épaule gauche était affaissée. Mais, une fois dans son atelier, le mécanicien était devenu un autre homme. Il avait rapidement diagnostiqué le problème et s'était mis au travail. Pour calmer le tremblement de ses mains, il s'accrochait à ses outils et démontrait une adresse dont Francis ne l'aurait jamais cru capable quelques minutes plus tôt, au café.

La bagnole de Thierry ronronne. Francis s'attable avec le mécanicien devant la fenêtre ouverte du café. Le soleil chauffe de tous ses feux. La mer danse, voluptueuse.

Francis mange. Le mécanicien boit. Beaucoup. Il parle aussi. Beaucoup…

— Tiens-toi loin des femmes, gamin. C'est des secrètes, des mauvaises. Elles disent qu'elles t'aimeront toujours, puis elles vous interdisent leur vie.

Francis avait eu pitié de cet homme dévasté par l'alcool. Il s'était demandé, en écoutant le fastidieux monologue du garagiste, lequel était à l'origine de l'autre : l'alcool ou l'amour déçu ?

— Méfie-toi, insiste le mécanicien. C'est des garces. Elles s'imaginent que les gosses n'appartiennent qu'à elles.

L'homme hurle dans un sanglot :

— Pire que les putes, je te dis, pire que les putes !

Sa voix s'enfle brusquement comme les lèvres d'une plaie :

— Avec les putes, au moins, on sait d'avance le prix à payer !

Les clients se regardent. À leurs haussements d'épaules, à leurs grimaces ennuyées, Francis comprend que les confidences du mécanicien, ils les ont déjà toutes entendues. Des centaines de fois, sans doute.

Le garagiste continue d'une voix empâtée :

— Elle était belle !

Francis aimerait bien consoler l'homme que l'ivresse accable.

— Si tu l'avais connue…

Après un moment, la patronne, visiblement impatientée, lance à la cantonade :

— Ah ! Ramadou. On en a tous marre de ta Gervaise !

Francis avait blêmi. Il avait senti sa tête tourner. Il avait peine à respirer. Horrifié, il avait quitté le café.

— Je dois rentrer, monsieur… monsieur…

Il n'avait même pas réussi à prononcer le nom si souvent entendu, ce nom qui parlait d'espoir et de bonheur. Comme un fou, il avait couru à la voiture et roulé jusqu'à Perpignan.

Francis Casals avait vécu, ce jour-là, la mort de toutes ses illusions. Son père admiré, adoré, était un pauvre type abruti par l'alcool et dont le tremblement des mains ne lui permettrait bientôt plus de tenir son commerce.

Francis avait eu honte de ce fantoche qui n'avait rien à voir avec le père tant attendu et tant pleuré.

Comment Gervaise avait-elle su? À l'insu de Francis, elle avait sans doute rencontré Pierre Ramadou. Par hasard? Après des recherches? Cela importait peu, au fond. Le Pierre Ramadou qu'elle avait retrouvé après la guerre n'avait pas su ressusciter pour elle l'amant attendrissant qui lui avait fait un enfant. Elle l'avait jugé indigne de ses souvenirs et elle avait pris la décision d'enterrer le père de son fils.

Francis avait eu honte, plus profondément encore, de son propre mutisme et de sa fuite. Après le raz-de-marée de la réalité, il n'avait plus été capable de supporter le regard de sa mère, ce regard qu'avaient animé tant de merveilleux récits d'amour. Pour survivre au choc, Francis devait oublier Pierre Ramadou, faire de lui un être extérieur à lui, un étranger. Il devait surtout mettre entre Gervaise et lui du temps, du silence, et beaucoup d'espace. Il n'en pouvait plus de cet amour maternel qui avait conçu le plus terrible des mensonges : faire croire à la mort d'un vivant.

Francis avait eu besoin d'air. Il lui fallait prendre le large. Une exposition universelle — *Terre des Hommes* — allait s'ouvrir à Montréal, au Canada. Sous prétexte d'aller un peu voir le monde, Francis avait quitté la France. Sans jamais révéler, à quiconque, ni la bouleversante rencontre qui avait eu lieu à Port-Vendres ni la véritable raison de son départ pour l'Amérique.

20.

Pour survivre, Francis avait coupé le contact avec une large partie de sa vie. Gervaise, le Roussillon, Roquambour et les rues du vieux Perpignan s'en étaient allés à la dérive de sa conscience. Sous son masque de sérénité, Francis n'en traînait pas moins le poids encombrant de ses émotions scellées. Dans cette douleur muette, il puisait la force de ses interprétations. Mais ses secousses souterraines perturbaient plus qu'il ne le croyait ses liens intimes...

La maison de la rue Nicholls à Ottawa était vaste. Elle était sise au coin de deux rues tranquilles, bordées d'érables de Norvège qui jetaient leurs taches vinées et mouvantes sur les murs de briques pâles des maisons sagement alignées. De grands arbres l'entouraient et, de ses tentacules verdoyants, une vigne montait à l'assaut de l'étage. Cette maison immense, située à quelques minutes de marche du canal Rideau, avait été un caprice que Francis s'était payé après une saison assez faste au milieu des années soixante-dix. Une maison victorienne dans un quartier cossu d'Ottawa non loin du Centre national des Arts où Francis jouait régulièrement alors. Le caprice s'était révélé quelques années plus tard avoir été un investissement sûr.

Au début de sa vie avec Francis, Marie avait été ravie de découvrir le jardin de la propriété avec son pommetier et ses lilas, même si Francis l'avait toujours négligé, faute de temps et d'intérêt réel pour l'horticulture. Marie, dès le premier automne, y avait mis la main. Dans la plate-bande qui entourait la cour, elle avait reconnu des massifs de lys et d'iris, d'hémérocalles et de marguerites. Elle les avait débarrassés de leurs feuillages jaunis, puis elle avait désherbé soigneusement avant d'ajouter des sacs et des sacs de terreau. Dans cet humus régénéré, elle avait enfoui quantité de bulbes pour assurer au jardin printanier un réveil coloré.

L'auteur du téléroman dont Marie était une des protagonistes les plus estimées du public avait été choquée de la grossesse surprise de sa vedette. Elle avait laissé entendre à la jeune comédienne qu'elle aurait préféré discuter de cette maternité... avant le fait. Marie, sans prendre la peine d'enrober sa réplique, lui avait fait savoir que sa vie privée ne regardait qu'elle. Pour bien affirmer son contrôle sur ses personnages et ceux et celles qui les incarnaient, l'auteur avait eu l'imagination punitive. Elle avait décidé de faire disparaître de la série la jeune femme que jouait Marie. Totalement. Définitivement. Les scènes de l'accident fatal avaient été tournées un matin d'octobre avant que la maternité de la comédienne ne devienne trop évidente. Marie s'était retrouvée au chômage...

L'hiver était venu tôt cette année-là. Marie s'était réfugiée dans le nid douillet de la rue tranquille du quartier cossu d'Ottawa. Les journaux avaient parlé pendant des mois du couple vedette, de leur vie commune toute récente, de la venue prochaine de leur premier enfant.

Marie refusait les entrevues. Selon elle, une grossesse n'était ni du théâtre, ni du cirque. Elle jugeait essentiel de protéger son intimité. L'obligation envers son public pour cause de rançon de la gloire était pour elle un argument creux qui ne l'atteignait nullement !

Les journées se passaient à préparer la chambre du bébé et à reprendre la décoration de la maison là où Francis l'avait abandonnée. Face à la venue de son enfant, Francis, lui, n'avait aucunement les scrupules de Marie. Il adorait ce nouveau personnage qui lui avait été dévolu : celui, tendre et touchant, de futur papa. Alors que Marie cachait son bonheur, Francis avait accepté toutes les entrevues à toutes les chaînes de radio et de télévision !

— Je mets ça au dossier publicité, avait-il expliqué à la future maman décontenancée qui ne croyait pas que la carrière de Francis ait vraiment besoin d'un élan...

Marie s'était tue, gardant toutefois en elle-même une profonde désillusion : l'homme dont elle partageait la vie ne donnait que bien peu de poids à ce qu'elle pensait et ressentait.

À la fin de l'hiver, alors que Francis avait plusieurs engagements à Montréal et s'absentait d'Ottawa du mardi au dimanche, une journaliste et un photographe n'avaient eu de cesse d'épier Marie pour surprendre hors de chez elle celle qui leur refusait sa porte.

Ils l'avaient suivie de loin jusqu'à la rue Bank et, de boutique en boutique, jusqu'à la rue Somerset. Marie n'avait rien soupçonné et était candidement tombée dans le piège tendu. Elle avait été photographiée entrant et sortant d'une épicerie de produits en vrac, d'une pharmacie et de l'échoppe d'un cordonnier. Deux semaines plus tard, son profil au ventre proéminent, même sous la cape ample, faisait la première page d'un magazine.

Marie s'était sentie exposée dans son intimité, dépossédée d'elle-même, violée. Agacé par son attitude, Francis lui avait reproché sèchement de se comporter comme une gamine capricieuse. Cette altercation avait laissé entrevoir à Marie l'incompréhension profonde de Francis. Une fêlure était apparue dans leur relation encore neuve.

Sophie était née à la fin avril. Les photos de l'heureux couple et du poupon se promenant le long du canal avec, en toile de fond, les taches brillantes des jardins prêts pour le festival des tulipes avaient fait la une des journaux à potins. Les entrevues que Marie fuyait restaient, pour Francis, de merveilleuses occasions d'aviver l'intérêt de son public. Il annonçait qu'il passerait l'été en famille. En toute simplicité. Il ne désirait rien de mieux que de goûter ces moments en compagnie de son enfant et de sa compagne, bonheur dont il n'avait eu aucun présage un an plus tôt. Il s'attardait, en cours d'interview sur ce rêve familial qui avait si longtemps dormi en lui.

Marie, qui depuis la naissance de Sophie ne voyait qu'à peine Francis, avait souri, incrédule. Un bon portraitiste aurait peint sur les lèvres pulpeuses de la jeune femme une petite fleur d'amertume…

Au fond d'elle-même, la nouvelle maman sentait que Francis remettait en question cette aventure parentale qui n'était pas au programme de sa quarantaine. Avant qu'il ne soit trop tard, Marie avait décidé de reconquérir un Francis ennuyé par ce ménage à trois. La sœur de Marie, Catherine, était venue vivre avec eux à Ottawa pour leur permettre un peu plus de liberté.

On les voit partout, Marie et lui, en juillet et août. On les remarque dans le quartier du marché. Aux terrasses de la rue Elgin. Au Château Laurier. Au Centre des Arts. Sur les bords du canal. Ils s'inventent des escapades amoureuses de quelques jours à Montréal ou en Estrie. Ils font la tournée des théâtres d'été, des festivals, des expositions. À son bras, Marie rayonne et fait des concessions souriantes aux flashes éblouissants. Il se montre passionné et attentif. Marie succombe de nouveau à son charme. Il en est ravi. Soulagé. Le rêve peut se poursuivre encore un peu…

La rentrée de l'automne avait sonné la fin de la récréation romantique. La routine s'était rapidement installée. Marie vivait à Ottawa dans la grande maison où Sophie gazouillait, faisait cascader son rire, et esquissait ses premiers pas, émerveillée de découvrir le monde.

Francis retrouvait Montréal, ses engagements professionnels, son studio du centre-ville et sa vie de célibataire…

21.

Berger hantait toujours l'ermitage et Majou où sa présence devenait de plus en plus lourde. L'homme s'incrustait. Depuis une quarantaine de jours maintenant.

Un après-midi, Lucien Couston, Laurent Séguéla et Francis s'étaient retrouvés à la même table au café. Jean Malepeyre s'était rapidement joint à eux. Il ne semblait guère en forme, monsieur le maire, depuis le début de la nouvelle année. Il semblait soucieux. Préoccupé. Contrairement à son habitude, il ne parlait presque pas, fronçant les sourcils comme s'il souffrait de migraine. Taciturne, l'air renfrogné, il se contentait de répondre par de vagues grognements aux taquineries habituelles de ses compagnons.

Après avoir jeté un œil à sa montre, Lucien s'était levé. Le devoir professionnel l'obligeait à prendre le chemin de la poste. Le maire laissa peu après Francis et le boulanger pour se rendre, d'un pas vacillant, au comptoir faire la causette à Albert.

À la table de Francis, Laurent Séguéla se lamentait des aléas de la vie de boulanger :

— Et si je te disais, le Canadien, qu'on épie même mes heures de repos. Jamais de vraies vacances ! Si je te disais qu'on me fait la tête quand je danse un peu tard au bal… Ils sont impossibles, je te dis ! Ils ne pensent tous qu'à leurs croissants ou à leurs pains au chocolat du lendemain. À moi, il est interdit de m'amuser. Je n'ai pas de vie privée.

— Un peu comme les stars, quoi !

— Ne te moque pas, toi…

Francis l'écoutait patiemment, mais la complainte du boulanger le lassa vite. Il s'excusa : il devait se rendre à la ville. Après avoir serré la main du boulanger, il se dirigea vers la sortie. Au comptoir, le maire tournait le dos à la salle et, dans le brouhaha des conversations, il n'entendit pas Francis s'approcher. Courbé sur le zinc, Malepeyre murmura, d'une voix rauque, au cafetier qui essuyait ses verres :

— Qu'est-ce que je donnerais pour qu'il disparaisse !

D'une voix résignée, Albert Albeilhon marmonna :

— Faut payer, Malepeyre. Faut payer.

— Un temps, peut-être. Mais pas toute la vie, nom de Dieu ! Il va s'accrocher à nos basques pour combien de temps encore ?

Faisant mine de chercher ses clés, Francis s'attarda un peu derrière eux. L'échange se perdit en partie dans les bruits du café, mais Francis entendit les reproches du cafetier :

— C'est toi qui nous a tous mis dans ce pétrin-là !

— J'avais 25 ans, Albeilhon. Je n'étais quand même pas pour me laisser mettre en prison.

En relevant la tête pour répliquer, Albert aperçut Francis à deux pas d'eux. Il rougit et, saisissant vivement un torchon, cria « Je viens » à un client qui n'avait absolument rien demandé.

Malepeyre, visiblement troublé, s'alluma une autre cigarette. Francis esquissa un bref sourire dans sa direction, laissa l'argent de l'addition sur le comptoir et sortit en saluant la compagnie d'un geste emphatique.

Sur la route de Perpignan, la voix du maire scandait encore dans la mémoire de Francis. « J'avais 25 ans, Albeilhon. Je n'étais quand même pas pour me laisser mettre en prison. »

Francis reconnaissait bien là la morale de son ancien bourreau.

Les pensées se bousculaient en lui. Compagnons de classe,
le maire et lui avaient le même âge. C'était donc en 1968
qu'ils avaient tous deux 25 ans… Francis n'avait aucun doute :
Malepeyre ne pouvait faire référence qu'à Berger en souhai-
tant « qu'il disparaisse ».

Que s'était-il donc passé au village ou dans la région en
1968 ? Quel crime aurait pu mériter la prison à Jean Malepeyre ?
Cette année-là, Francis n'était déjà plus en France. Gervaise,
dans ses lettres, n'avait parlé de rien. Peut-être vivait-elle déjà
dans ce monde rétréci, presque clos, qui allait devenir le sien
les dernières années de sa vie ? Comment savoir ? Peut-être
pourrait-il trouver quelques informations dans les journaux
de l'époque ?

Le jour baissait déjà. Il était trop tard pour aller fouiller à la
bibliothèque. Il remit cette visite au lendemain.

De retour au hameau, Francis guetta l'arrivée des Dalvergne.
À Jacques qui s'attardait sur la place, il risqua quelques questions :

— Tu connais Berger, toi ?

— Oui et non. Depuis six ans que l'on vit ici, je l'ai vu deux
ou trois fois. Il arrive quand on ne l'attend pas. Il reste quelques jours. C'est la première fois qu'il… prolonge son séjour !

— Parle-moi un peu de lui.

— Y a rien à dire, monsieur Francis. À Majou, on est plutôt
discret sur ce sujet-là.

Francis avait finalement invité Jacques à prendre l'apéro. Il
faisait un peu sombre dans la pièce, Francis s'était levé pour
allumer une lampe. Ce geste lui avait fait remarquer :

— Je n'ai jamais aperçu la moindre lueur, le moindre feu
dans les ruines depuis qu'il est là. Curieux, non ?

— On peut dormir sans feu dans ce pays !

— Avec le froid qu'on a eu en décembre ?

Jacques s'était mis à boire un peu plus vite. Francis le sentait mal à l'aise. Jacques savait quelque chose, un détail sans doute, mais il hésitait à le livrer.

— Je cherche à comprendre le personnage, c'est tout, expliqua Francis. Parce que c'est tout un personnage, ce Berger !

— Pour ça, oui !

— Je ne te demande pas de le trahir, Jacques.

— Je le sais bien, allez.

Après un moment, sur un ton évasif, entre deux gorgées, Jacques laissa tomber à mi-voix :

— Un vœu qu'il aurait fait de ne jamais faire de feu.

— Étrange ! Non ?

— Moi, je ne fais que répéter ce qu'on raconte…

Après avoir vidé son verre, le jeune maçon ajouta :

— C'est peut-être pour ça qu'on dit qu'il a une araignée au plafond…

22.

À LA BIBLIOTHÈQUE DE PERPIGNAN, la lecture méticuleuse des microfiches n'avait donné jusqu'ici aucun résultat. Les heures passées dans le silence poussiéreux des rayonnages n'avaient révélé à Francis que la fatigue de ses yeux. Nul incident, nul événement de l'hiver 1968 n'aurait pu mettre en danger la liberté des Malepeyre, Albeilhon, Séguéla et Couston. Car Francis le sentait, son ami Lucien faisait partie de ceux qui, pour une raison mystérieuse, payaient encore aujourd'hui le prix d'une folie ancienne.

La curiosité de Francis devenait pressante. Il devait poursuivre ses recherches de l'actualité du printemps et de l'été 1968. Mais, il sentait bien qu'il n'était pas fait pour fouiller les alcôves de l'histoire. Par contre, il savait la puissance de son charme…

Dans la clarté feutrée de la grande salle, il s'en souvint à bon escient! Il s'adressa à une employée. Non pas à celle qui portait de lourds anneaux aux oreilles, roulait des hanches en tirant désespérément sur un tricot trop court. Non. En homme d'expérience qui connaissait les femmes, ce fut vers celle qui affichait sa soixantaine avec audace et agressivité, celle qui surveillait d'un œil perçant et soupçonneux les allées et venues de la clientèle, qu'il se dirigea. C'était de mémoire dont il a besoin.

Francis entra sans difficulté et sans faux pas dans la peau d'un personnage. Métier oblige! Il se glissa à la hâte dans le rôle d'un romancier en train de faire revivre la fin des années soixante dans le Roussillon. Tout sourire, il s'approcha du cerbère.

— En quoi puis-je vous aider? lança la dame sur un ton monocorde, robotique, sans même regarder Francis.

Celui-ci fit vibrer sa voix de baryton. La dame releva la tête et se laissa vite fasciner par l'homme qui se tenait devant elle. Francis expliqua, avec des gestes étudiés, des haussements de sourcils interrogateurs, des sourires furtifs qui s'exerçaient à la timidité, qu'il cherchait un événement de l'année 1968 autour duquel il pourrait camper l'action de son histoire.

— La grève des transports?

Francis fit la moue. La dame lui donna raison:

— Rien d'inhabituel à signaler, en effet. Des travailleurs en retard, des patrons mécontents…

— Rien d'autre?

— En mai. La révolte étudiante, bien sûr.

— Un peu cliché, non?

— Je vous l'accorde, admit-elle le front plissé.

Cette brève incursion dans le temps eut cependant l'heur d'allumer une étincelle dans le regard noir de l'ancienne jeune fille et Francis pensa que le cerbère d'aujourd'hui avait dû être, quarante ans plus tôt, une bien jolie étudiante.

— Quelque chose qui soit arrivé à des jeunes, précisa le faux écrivain en faisant mine d'inventer. Un événement qui aurait pu avoir des conséquences sérieuses sur leur avenir, par exemple. Vous savez, le genre de folie toute bête qui dégénère…

— L'affaire Janoyer! susurra la bibliothécaire, la bouche en chemin d'œuf.

La femme raconta à Francis la tragique aventure de deux jeunes adolescentes, un soir de juin 1968… sous l'influence d'un cocktail de drogue et d'alcool. L'une s'était élancée du toit de la maison, l'autre avait eu un enfant…

Francis interrompit le récit abondamment teinté de morale bourgeoise.

— Quelle tristesse ! Mais… rien d'autre ? Les protagonistes de l'œuvre sur laquelle je travaille sont de jeunes gens…

— Je vois, je vois.

La dame réfléchissait. Elle retournait dans ses souvenirs, en se frottant nerveusement le nez.

Soudain, un sourire satisfait se posa sur ses lèvres :

— Venez.

La voix sensuelle de Francis n'était pas étrangère à ce désir soudain du défi chez la bibliothécaire. Les doigts de l'employée s'étaient mis à pianoter fiévreusement sur le clavier de l'ordinateur. Les yeux rivés à l'écran, Francis tentait de lire les titres qui s'y accrochaient et disparaissaient. Il se demanda ce qu'il était venu faire dans les placards secrets de la ville et s'inquiéta de savoir où sa curiosité le conduirait. Le goût de reculer jusqu'à la lourde porte de l'entrée et de courir sans se retourner l'envahissait peu à peu… Les mains alertes de la dame venaient de s'immobiliser sur les touches.

— Comme je suis bête ! s'exclama-t-elle d'une voix pointue.

Elle se leva d'un bond, courut presque vers un rayonnage voisin, consulta un catalogue et revint aussitôt.

— J'ai ce qu'il vous faut.

Quelques clics, et l'imprimante ronronnait comme le chat de mademoiselle Berthe quand on le grattait derrière les oreilles. Déjà, le cerbère tendait fièrement quelques feuilles imprimées à Francis.

— L'essentiel est là. Vous pourrez consulter les journaux de l'époque pour plus de détails.

Et la dame ajouta en jouant de la prunelle :

— Je serai toujours heureuse de vous guider, cher monsieur…

23.

Le Soleil du Roussillon
Le 24 août 1998

LE COURRIER DE NOS LECTEURS

Trente ans après

L'HISTOIRE, NOUS LA VIVONS CHAQUE JOUR. Nous ne savons pas qu'elle s'appelle l'Histoire. Elle n'est encore pour nous qu'une suite d'événements. Le temps a beau passer et l'eau couler sous les ponts, les drames vécus vivent long-temps dans les mémoires. Ce n'est pas parce qu'un coupable a été désigné, qu'il a purgé sa peine, que le drame est oublié. Parfois même un doute demeure : la justice a-t-elle été vrai-ment rendue ? Certains événements méritent qu'on les revi-site. Le recul assure un nouvel éclairage aux questions qui resurgissent de dossiers que l'on dit « classés ».

Francis sauta les deux autres paragraphes du long préam-bule... Il n'en aimait guère le ton sentencieux. Il n'était pas du tout certain que cette lettre ouverte était ce qu'il cherchait... Il reprit le texte plus loin :

Ainsi en est-il du drame qui a endeuillé notre région et qui est connu comme « l'incendie de Castellouges ». Le village se souviendra longtemps de cette nuit du 23 au 24 août 1968 quand un incendie dans la montagne a entraîné la mort de cinq personnes.

Le récit du drame suivait. Dans son entier. Certains noms s'étaient mis à briller devant les yeux de Francis, comme s'ils cherchaient à s'échapper de la page imprimée. Le comédien poursuivit avidement la lecture de l'article.

Rien n'a jamais été vraiment examiné des motifs qui auraient poussé cet étudiant parisien à allumer un feu, alors que la sécheresse sévissait depuis plusieurs semaines dans la région et que les feux de plein air avaient été formellement interdits par les Communes. Cette désobéissance a provoqué la mort d'une famille entière : complètement cernés par les flammes qui se propageaient rapidement, les habitants d'un mas isolé ont péri sans que l'on puisse leur porter secours.

Les preuves présentées par l'accusation étaient fort minces et toutes circonstancielles. Elles reposaient en grande partie sur les témoignages de trois jeunes hommes en « visite » à Sérans.

Francis dévorait l'article, constatant avec une amère satisfaction que ses pires intuitions s'avéraient. L'auteur de la lettre ouverte ne mâchait pas ses mots. Il posait des questions percutantes. Il allait même très loin dans ses suppositions…

Que s'est-il passé vraiment durant cette nuit du 23 au 24 août 1968 ? Pourquoi aucun habitant de la montagne n'a-t-il été interrogé ? Pourquoi aucun habitué du café de Sérans n'a-t-il été écouté ? C'était pourtant là que l'accusé et les principaux témoins au procès s'étaient rencontrés et avaient bu avant la tombée de la nuit ! Pourquoi tant de poids a-t-il été accordé aux témoignages de ces jeunes gens ? On aurait peut-être pu se demander ce qu'ils faisaient à plus de soixante kilomètres de leur village, et… à proximité des vieux sentiers muletiers qui traversent en Espagne ? À l'époque, personne n'a semblé se préoccuper de cet aspect des faits !

Pourquoi ce procès à la va-vite ? Pourquoi n'a-t-on pas donné davantage crédit à l'accusé, étudiant en philosophie à la Sorbonne, brillant élève des maîtres à penser de l'époque ? Pourquoi ne l'a-t-on pas cru, lui ? Il n'a pas pu présenter d'alibi solide, il est vrai. Mais c'était aussi un jeune intellectuel, très à gauche, qui parlait une langue raffinée, maniait les phrases avec arrogance et avait gardé les moutons pendant quelques semaines… Trop bizarre pour être innocent ! On l'a dit anarchiste. C'était dans l'air du temps. Le mot une fois lâché, le bon public pouvait se délecter. Le juge d'instruction avait trouvé le coupable rêvé.

On ne rouvrira pas le procès, bien entendu. Il y a prescription. On ne peut refaire le passé. Mais on peut s'interroger. Le fait de garder les moutons en lisant les penseurs du jour est-il une preuve de délinquance ? L'insolence mène-t-elle nécessairement au crime ? La différence est-elle un indicateur de culpabilité ? En 1968, dans les Pyrénées orientales on a décidé de répondre OUI.

Mais, trente ans plus tard, je m'interroge toujours. La peur expliquerait-elle le bâclage de l'enquête et la précipitation de l'instruction ? Cette peur insidieuse de qui vient d'ailleurs. De qui ne parle pas avec l'accent du lieu. De ce qui n'est pas parfaitement conforme. Peur, surtout, de qui pense, s'exprime, jongle avec les idées. La peur chauvine et ravageuse des ignares.

Georges FUZEAU
Journaliste à la retraite

24.

Francis n'était reparti de la bibliothèque qu'au moment de la fermeture, avec un épais dossier sous le bras. L'incendie de Castellouges, le drame, l'enquête, l'instruction, le procès, la condamnation, tout était là. Articles d'opinion, éditoriaux, déclarations de témoins. L'histoire s'étendait à pleines pages. Énigmatique. Tragique. Meurtrière. Avec en noir sur blanc des noms qu'il connaissait : Jean Malepeyre, Lucien Couston, Laurent Séguéla.

— Complices depuis près de quarante ans ! constata Francis en sentant monter en lui un profond dégoût.

Curieusement, dans les articles qu'il avait passé des heures à lire, jamais n'était apparu le nom d'Albert Albeilhon. Francis aurait pourtant juré que le compère faisait partie de la confrérie !

Au volant de sa voiture, Francis fouillait la pénombre des vignobles que le vent et le froid avaient couverts d'un voile de givre. Il traversa Majou d'une seule traite, profondément préoccupé par les révélations de son dossier.

Au moment d'entamer la montée vers Roquambour, il fit brusquement demi-tour et revint vers le village. Dans une rue étroite, il se gara et frappa violemment à la porte de Lucien.

— Il faut que je te parle, cracha Francis dès que celui-ci eut entrebâillé la porte.

Lucien fut surpris de voir apparaître Francis chez lui. Il perçut tout de suite la colère qui l'habitait. Mal à l'aise, il restait muet.

— Je peux entrer ? s'impatienta Francis en esquissant un pas vers l'intérieur.

— Non… non… je veux dire…

— Tu crains qu'on me voie chez toi ? C'est ça ?

— Mais non… enfin, je veux dire… enfin… ben… oui.

— Je t'attends à Roquambour. Ce soir. On a des tas de souvenirs à partager, ordonna le visiteur. Et ne me fais pas faux bond, Lucien, je ne te le pardonnerais pas.

Lucien promit pour se débarrasser de cette apparition dont il savait qu'elle était déjà connue du voisinage : la sœur de Séguéla habitait en face, le frère d'Albeilhon, à côté.

Aux abords de la nuit, Lucien Couston se présenta chez Francis. Il avait tenu parole, mais il y avait mis le temps. Il était venu à pied. Comme un voleur… un peu ivre.

Tout de go, Francis ouvrit le dossier de ses recherches en donnant à ses gestes des lenteurs hypnotiques. Il présentait une à une à son visiteur les copies de coupures de journaux. Lucien jetait un coup d'œil, lisait en diagonale, fermait de temps à autre les yeux sur un titre trop évocateur.

Francis poursuivait son manège. Lucien se souvenait, revivait. À bout, il éclata en sanglots. Pour seul geste de fraternité, Francis lui tendit un verre de vin. Un interminable silence s'infiltra dans la pièce. Finalement, la voix étranglée, le souffle court, Lucien confessa :

— On n'avait pas voulu faire de tort à qui que ce soit, tu sais. Ni moi, ni Laurent. On était jeunes, tu comprends. Et bêtes. C'est la seule excuse. Séguéla et moi, on était devenus de bons copains pendant le service militaire. Après le boulot, on aimait bien prendre un verre… ou deux… tu vois ? On était jeunes, je te dis. On savait bien que le Malepeyre et l'Albeilhon, ils trafiquaient quelque chose du côté de la frontière. Tout le village le savait. Pas une semaine sans qu'ils aillent au Perthus ou à Cerbère. On avait beau être naïfs, on n'était pas tout à fait cons quand même. Surtout que Malepeyre, il avait depuis peu une belle bagnole, toute neuve, qui épatait les filles. Avec son salaire, Malepeyre, il ne pouvait se payer qu'une moby- lette. Comme Laurent et moi, et tous les gars du coin, quoi! Pas besoin non plus d'être grand clerc pour deviner avec quoi il venait d'acheter son café, l'Albert.

Un après-midi d'août, à notre grande surprise, Jean m'in- vite avec Laurent pour une promenade dans sa bagnole. On pensait qu'Albert serait de la partie puisqu'ils étaient comme cul et chemise depuis des mois. Mais non. Y avait que nous trois. On a pris la route dans l'euphorie d'une belle journée d'été. On a filé jusqu'à Amélie-les-Bains. On a pris quelques verres. C'était comme les vacances! Jean payait la tournée. Alors… c'était bien, vraiment bien.

— Mais c'était un piège.

— Ça, on l'a compris, après un moment… Quand il était déjà trop tard. On fonçait sur la route. Malepeyre, il a toujours été téméraire. Au volant de sa bagnole, il fanfaronnait, tu le penses bien. On riait. Après Amélie, on s'est arrêtés à Sérans, pour bouffer. C'est là qu'on a aperçu un gars vêtu comme un berger qui, seul à une table, prenait un verre et nous fixait comme s'il en voulait à nos gueules. Malepeyre l'a invité… pour se payer la sienne. Le gars s'est joint à nous. Mais il a refusé de nous dire son nom. Il cherchait à faire impression, à jouer les mystérieux. «Appelez-moi Berger», qu'il nous a dit après un moment. Il avait passé l'été en alpage qu'il disait. Il restait dans la contrée quelques jours encore pour se promener dans la montagne, avant de rentrer à Paris. On a encore bu. Le gars aussi. Comme un assoiffé, faut le dire, Francis, comme un assoiffé! Il fumait cigarette sur cigarette. Il parlait, parlait,

parlait sans arrêt. Pendant tout le repas. De politique, des étudiants, des événements de mai à Paris. Il en rajoutait, il nous en mettait plein la vue, c'était clair. Jean n'a pu placer un seul mot et ça l'a mis en rogne, tu penses bien…

— Il n'a pas changé depuis les petites classes… constata Francis entre les dents.

— Pour ça, non, il lui faut toujours prendre toute la place. Le Berger, il avait du bagou, pour ça, il en avait. Un peu bizarre, le mec, un peu à gauche pour nous, du village. Je comprenais pas tout ce qu'il nous soufflait au visage. Il criait à la révolution, à la fin de l'Histoire. Les gens nous écoutaient dans le café.

Lucien s'arrêta. Francis remplit les verres.

— Mais qui n'a pas dit «MORT AUX CONS» un soir, une fois beurré comme une tartine? enchaîna Lucien. Sans compter que, cette année-là, on en avait entendu des pires…

Francis insista:

— Et puis?

— Le Berger est reparti. Jean a commandé des cafés qu'on a bus en se moquant du Parisien. La nuit était tombée. Jean a réglé la douloureuse. Laurent et moi, on a cru qu'on rentrait à Majou. Mais Malepeyre, il a pris la route de la montagne. Après Castellouges, il a garé la bagnole sur un sentier discret. Du coffre, il a sorti des sacs camouflés sous la roue de secours. Il nous en a donné chacun un, puis il nous a indiqué d'avancer. C'était un ordre. On a compris de quoi il retournait. On l'a suivi.

— Pourquoi? s'enquit Francis.

— Va savoir!

— Par peur?

Lucien grimaça.

— Ou plus bête encore: par vanité d'avoir été choisis pour faire son sale boulot. Ou par lâcheté? Ou parce que bourrés comme on l'était, on se croyait invincibles? Je sais pas, Francis, et ça fait bientôt quarante années que je tourne et retourne ça dans ma pauvre tête. C'était comme si Laurent et moi, on marchait au printemps dans le lit tari du Riou. Tu rigoles et t'entends pas l'eau qui dévale comme une folle de la montagne. T'entends rien jusqu'à ce qu'elle surgisse sur tes talons. Le chemin pépère se change en torrent sauvage. L'idée te vient même pas de te jeter sur le rivage pour t'en échapper. T'as plus les réflexes, quoi ! Rien que celui de fermer les yeux et d'espérer que la pierre où tu vas forcément échoir, elle ne te fracassera pas le crâne.

— Où vous êtes-vous retrouvés ?

— Après un quart d'heure de marche, on s'est arrêtés. De la nuit, deux gars ont surgi. Ceux que Jean attendait. Nos sacs contre leurs billets de banque. Pas un mot. Rien que les souffles courts de gens qui ont marché vite. Les deux ombres ont filé. Quand on a retrouvé la bagnole, Jean a dit « Rien de tout ça n'est arrivé. » Sans qu'on demande rien, ça je te le jure, Francis, sans qu'on demande rien, il nous a remis de l'argent. « Pour perdre la mémoire », qu'il a lancé en ricanant. C'était le salaire de tout un mois ! Un kilomètre avant Castellouges, Jean est sorti de la bagnole. « La force de la nature », qu'il a dit en descendant dans le fourré. Il faisait nuit noire. On ne voyait que les points rouges de nos cigarettes. Avant de remonter dans la voiture, on s'est débarrassé de nos mégots. C'est plus bas, dans un tournant, qu'on a vu les premières lueurs du feu qui courait dans la montagne. On a compris qu'avec la sécheresse, nos mégots avaient sans doute allumé l'incendie. On était faits comme des rats. La bagnole de Jean était trop voyante pour ne pas avoir été repérée. Comment expliquer notre présence dans ce coin perdu ? Il fallait « jouer solide pour s'en sortir indemnes », qu'il a expliqué Malepeyre. Aux abords de Sérans, il s'est garé en bordure de la route et on a essayé de dormir. Le lendemain, au bistrot, Jean a raconté qu'on avait trop bu la veille et qu'on avait décidé de dormir dans la bagnole pour cuver notre vin au lieu de continuer la route. C'est là qu'on a appris… pour les morts. Malepeyre a pris l'offensive, c'est vrai. Mais il n'a jamais accusé personne. C'est faux ce que disent tes articles.

— Il a laissé supposer… Il a insinué… Il s'est contenté de maudire les petits anarchistes de la capitale et de décrire le faux berger qui avait mangé avec vous. Il a mentionné en douce que le gars fumait comme une cheminée. Il a allumé la rumeur, il l'a attisée au besoin, c'est ça?

Lucien reprenait son souffle en lissant sa moustache. Face à l'horreur qu'il lisait sur le visage de son interlocuteur, il se sentit obligé de bafouiller quelques phrases:

— Il fallait confirmer la thèse des trois gars qui profitent de leur jeunesse… On est allés se faire voir plus au sud, à Prats-de-Mollo. Sans se presser, on est revenus à Majou. Au juge d'instruction, on a répété notre histoire de gars qui avaient trop bu…

— Salauds, coupa Francis.

Lucien inclina la tête. Il acceptait l'insulte. Il savait qu'il la méritait.

Après un instant, Francis s'informa:

— La vérité, tout le monde la connaît au village?

— T'es fou! Pas tout le monde. Disons… plusieurs. Tu sais, un village… Albert, lui, il a tout de suite compris de quoi il retournait. Séguéla, lui, il est discret, mais il parle dans son sommeil. Sa femme l'a passé à la question et comme elle est la sœur du boucher, le boucher l'a su et comme la bouchère est la cousine de l'institutrice et l'amie de l'épicière… Et puis, y a le gérant de la coopérative vinicole qui sait aussi parce que sa sœur a été la maîtresse de Malepeyre… et le maire sur l'oreiller, il dévoile tout… Ça l'excite.

Francis comprenait mieux ce qu'il ressentait confusément depuis l'arrivée de Berger. Une toile d'araignée s'était peu à peu tissée. Solide. Inattaquable. Étouffante. Le village était prisonnier de son secret, de son mensonge. Il s'érodait sous le poids de cette complicité tacite. Et c'était la carte que jouait Berger...

— On commençait à oublier un peu tout ça. Avec les années, tu sais... On était tombés amoureux. Les enfants étaient nés. Y avait le boulot. Et la pétanque prenait nos dimanches plus que les mauvais souvenirs. Puis, un jour, il est apparu. Lui. Vêtu comme on l'avait vu ce jour-là à Sérans. Il n'a rien dit. Il nous a regardés avec tout le mépris dont il était capable. Le regard noir. Il a fait le tour des boutiques du village, sans dire un mot. Au café, il a choisi la table où tu l'as vu et où personne n'ose plus s'asseoir même entre ses visites. Parce qu'il revient, tu sais. Il peut être deux ans sans paraître et surgir deux fois dans la même saison. On ne sait jamais avec lui. Il reste quelques heures... ou trois jours. Cette fois, va donc savoir pourquoi, il nous colle aux talons. Je me demande à quoi il joue.

Lucien semblait ne plus pouvoir s'arrêter. Il expliquait, commentait, justifiait l'attitude des villageois.

Après avoir été tour à tour envahi par la gêne, la rage et la fureur, Francis s'était pris de pitié pour l'ami des jours anciens.

— Toi, tu n'as jamais rien dit à personne?

— Si... à la Nicolette. Et je l'ai bien regretté, va!

L'aube allait se lever. Francis offrit à Lucien de le ramener au village. Lucien fut horrifié à cette pensée. Francis reformula son offre : il le laisserait près du mur d'enceinte du cimetière, avant le village.

— Tu pourras toujours dire que tu es allé prier sur la tombe de tes grands-parents.

Avant de descendre de voiture, Lucien décida de faire à Francis une dernière confidence.

— Ne crois pas que j'aie rien payé dans cette histoire. Quand j'ai tout avoué à la Nicolette — c'était après la première visite de Berger —, elle m'a vomi les pires injures au visage. Puis, elle ne m'a plus adressé la parole. Six mois que l'enfer a duré. Dans ma propre maison. Dans ma propre chambre. Et le pire était encore à venir ! Elle est partie avec la petite et… elle s'est mise en ménage avec le Bouffi.

Francis aurait voulu dire quelque chose à Lucien. Les mots arrivaient à lui pêle-mêle. Mots de révolte, de dégoût, de tendresse apaisante. Il regardait à la dérobée le vieil homme qu'était devenu l'inséparable d'autrefois : un visage creusé, des yeux rougis, une moustache jaunie par la nicotine, et défiguré par cette nuit sans sommeil. Le Lucien de son enfance, celui des rêves dans le promenoir de l'ermitage, celui de la candeur et de la fidélité ne méritait pas que la vie, dont il exigeait au fond si peu, lui tende un piège aussi pervers. Quelques heures d'égarement… et la corde s'était enroulée autour de son cou frêle.

— Ma prison, elle est dans ce village, derrière le comptoir de la poste, dans ma glace chaque matin, et en moi toutes les nuits, avoua Lucien en ouvrant la portière. Tu ne peux pas savoir ce que c'est, Francis.

— C'est là que tu te trompes, vieux frère. Tu as triché une fois. Moi, c'était chaque jour.

25.

—— J'EN AI ASSEZ de chercher des excuses pour toi. D'expliquer ta fuite. De tenter de lui donner un sens. J'en ai plein le casque de raconter des menteries à tout le monde. T'as compris, Francis ? J'en ai assez !

Francis téléphonait habituellement à Martin en début d'après-midi, heure de Majou. L'agent attendait l'appel hebdomadaire chez lui en avalant ses premiers cafés de la journée. Mais aujourd'hui, après la nuit blanche passée avec Lucien, Francis s'était levé tard. C'est à son bureau qu'il avait pu joindre Martin. Entre deux rendez-vous.

Ce contretemps avait mis l'agent en rogne. Pris dans le tourbillon affolant de sa journée de travail, Martin n'était nullement ouvert aux tergiversations professionnelles du « fuyard », comme il le surnommait maintenant. Son temps était précieux !

La conversation s'était pourtant engagée sur un ton amical. Rapidement, peut-être à cause de l'indifférence de Francis aux propos de Martin, celui-ci était monté sur ses grands chevaux. Malgré la distance qui les séparait, la voix de Martin faisait vibrer l'écouteur.

— Et si tu décides de rentrer, n'arrive surtout pas avec l'air d'un clochard.

— Quoi ?

— Souviens-toi que Francis Casals s'habille avec recherche et porte les cheveux courts.

Francis s'était offusqué du propos. À l'autre bout du fil, l'agent vociférait :

— Prends une décision, maudit Français. N'importe laquelle, mais prends-en une. C'est urgent. Je dois savoir, moi. Comment tu veux que je travaille, Casals ? En aveugle ?

— Écoute, Martin…

— J'écoute plus. J'en ai marre, marre, marre.

Francis avait beau éloigner le récepteur de son oreille, les cris s'amplifiaient.

— Laisse-moi placer un mot, bon Dieu !

La voix de Francis se faisait à son tour autoritaire et tranchante. Martin s'était tu. Enfin. Francis avait expliqué une fois encore qu'il avait besoin de temps.

— Si j'avais les jambes cassées, tu trouverais bien une solution, non ?

Martin ne saisissait pas. L'homme qui usait constamment de stratagèmes pour la promotion de ses protégés se retrouvait à court d'imagination dans le cas de Francis. La colère s'empara une fois encore de Martin. Il hurlait ses menaces dans l'appareil. Francis répliqua sèchement qu'il valait peut-être mieux rompre le contrat qui les liait.

Martin éclata :

— T'as pas de cœur, Casals !

Dans une rage folle qui se nourrissait de sa propre énergie, Martin lui lança à l'oreille le ressentiment qu'il accumulait depuis des décennies. Les vétilles s'entremêlèrent aux frustrations profondes pour aboutir à une accusation qui sidéra Francis :

— T'es un vampire. Un vampire, je te dis. Tu nous prends tout, Casals. Notre temps, notre vie. Puis tu nous laisses mourir.

Francis fut stupéfait de tant de hargne. Il écoutait, bouche bée, pendant qu'à Montréal Martin Giguère vitupérait toujours :

— Tu te fous de moi, de mon travail, de mon amitié, comme tu t'es foutu de Sophie, de Marie… Je te le pardonnerai jamais. Jamais, jamais.

La voix de Martin craqua et, entre deux halètements, Francis entendit :

— Je l'aimais, moi, Marie…

Martin était à bout de nerfs, à bout de souffle, à bout de secrets. Horrifié par ce qu'il venait d'entendre, Francis raccrocha sur ce désespoir qui s'accordait enfin le temps de l'aveu.

Il sortit de la cabine téléphonique sans saluer personne. L'air hagard, marchant de guingois, encore étourdi par le flot ravageur des accusations et la révélation qu'il venait d'entendre. Lucien comprit qu'il y avait eu un drame, mais les clients faisaient la queue et, devant eux, il n'osait l'interroger.

Francis avait été heurté de front par le boulet de Martin. « Martin, amoureux de Marie ! » répétait-il à voix basse pour se convaincre lui-même de ce qui venait de lui être révélé. Le comédien creusait sa mémoire pour surprendre, à rebours, un geste, un regard, une phrase qui auraient pu lui permettre un soupçon…

Rien.

Et Marie ? Avait-elle surpris le secret de Martin ? Jouait-elle frivolement sur les sentiments du bon ami de la famille ? Se sentait-elle rassurée par sa présence ? Se laissait-elle bercer par cet amour discret ?

Francis revivait les rencontres amicales dans la maison d'Ottawa, ces visites de l'agent, si fréquentes, que la chambre d'amis avait été, dans les faits, et pendant des années, celle de Martin. Francis se souvenait des somptueux cadeaux que Sophie recevait de lui, des rires éclatants de Marie quand elle reconnaissait la ronde silhouette de l'ami dans l'embrasure de la porte, des bons repas qu'elle tenait tant à lui préparer.

Marie manifeste le désir de reprendre le travail. Martin se dévoue corps et âme à ce projet. Il lui trouve des rôles de premier plan dans les compagnies francophones d'Ottawa et dans deux théâtres anglophones.

Dix ans plus tard. Marie reçoit une offre du département de théâtre de l'Université d'Ottawa. Elle hésite. Francis la pousse à accepter. Il insiste pendant des semaines. Elle hésite encore et toujours. Martin lui parle un soir. L'encourage. En quelques phrases, en quelques arguments, il réussit à faire taire ses doutes et Marie, le lendemain, accepte.

La jalousie possédait Francis. Les mâchoires serrées, il faisait le compte des jours qu'il avait passés loin d'Ottawa pendant les dix-sept ans de vie avec Marie. Et si… toutes ces années… « Non. Non. Pas Marie. »

Francis rejeta du revers de la mémoire l'idée que Marie ait pu un jour tricher. Marie l'aimait, lui, Francis. Marie lui était fidèle…

Comment en être sûr ?

Après le désarroi et la rage, c'était maintenant le doute qui l'assaillait. Son cœur palpitait. La tête lui tournait. Il avait besoin d'air frais. Il devait s'arrêter. Respirer.

Le soleil brillait encore sur les champs jaunis où se dressaient, nus, les ceps noirs. Francis s'engagea entre les rangées de ces monstres tordus par l'âge. Il avançait pensivement. Il devait faire taire le tumulte intérieur. Éteindre le feu des soupçons. Stopper la cavale de son imagination.

Pas un bruit ne troublait sa marche. Pas un toit n'entachait l'horizon. Seul, au loin, très loin, le Canigou transperçait l'azur de ses cheveux de neige.

Francis s'immobilisa au milieu de ce champ d'éternité. Candidement, lui qui ne croyait ni à Dieu, ni à Diable, supplia que se produisît un miracle. Autour de lui. En lui. Un miracle pour Lucien bâillonné par sa lâcheté. Un miracle pour Berger enchaîné à sa vengeance. Un miracle pour qu'en lui se taise enfin la vieille rancœur contre Gervaise, cette mère qui avait tué la confiance d'un fils.

À 62 ans, il en voulait toujours à sa mère du mirage qu'elle lui avait fait vivre. Il lui en voulait de l'avoir entraîné sur le chemin des faux-semblants et de l'imposture. Le seul qu'il ait jamais connu, le seul qu'il savait reconnaître. Tous les autres parcours l'angoissaient jusqu'à la paralysie, jusqu'au mutisme. Il avait vécu d'illusions, il avait été nourri de non-dits. Toute lucidité le terrifiait.

L'or du soleil était passé à l'orange. Une lumière frisante caressait les allées. Francis rebroussa chemin entre les silhouettes noueuses des ceps. Général vaincu, il passait une dernière fois en revue ces soldats indomptables qui, eux, persévéraient de feuilles en grappes et de printemps en vendanges.

À Roquambour, il trouva Berthe Sabaté assise sur le bord de la fontaine. Elle était venue y boire les derniers jets de lumière. Espoir ronronnait dans ses bras.

— Vous semblez bien fatigué, monsieur Francis !

Francis le reconnut sans ambages. Il lui parla de la longue promenade dans les vignes, des regrets qui le hantaient, des remords qui le déchiraient. Il se confiait sans faire moduler sa voix. Sans recherche. Sans jeu.

Berthe prêta une oreille attentive au monologue de son voisin. Francis avoua qu'il lui fallait revenir sur des décisions prises avec trop de hâte et pour de trompeuses raisons. Il ajouta, avec un certain défaitisme :

— Des décisions qui viennent sans doute trop tard…

Après un moment de réflexion, Berthe commença, de son accent le plus chantant :

— Un mot m'est venu à l'esprit en vous écoutant.

Francis haussa les sourcils. Pour répondre à l'étonnement bleu de son regard, Berthe laissa tomber :

— Provin…

— Provin ?

— Vous savez bien, monsieur Francis, dans les vignes, ces tiges sur lesquelles poussent de nouvelles racines. On les sépare du pied, puis on les replante…

Visiblement, Francis ne saisissait pas où voulait en venir la demoiselle.

— Ces provins, ils ont beau naître de vieilles vignes, ils savent donner de belles grappes. Tout peut revivre, monsieur Francis. Tout est possible. Le passé, il faut le laisser dormir là où il a couru se cacher. C'est le présent qu'il faut prendre à bras-le-corps. Lui seul permet de survivre. Parfois même, de revivre.

Francis laissait les phrases de Berthe Sabaté pénétrer en lui. Baume frais sur une blessure encore brûlante. Lucioles dans sa nuit d'encre.

D'un mouvement fluide, le chat quitta subitement sa maîtresse. Il exécuta quelques gracieuses circonvolutions sur la place, sauta dans le bassin, s'étira dans une tache de lumière et, avec des précautions infinies, s'approcha de Francis. Pressé sur l'horizon, l'orange du soleil coulait à la rencontre de la nuit.

26.

Francis montait à la rencontre de Berger. Un oiseau stria le ciel de son vol sombre. Un bruit de pas se fit entendre dans le matin clair. Berger écrasait l'asphalte de ses lourdes bottes. Dans le tournant de la route, il parut, sa houppelande refermée sur sa large poitrine, son sac de toile tenu en bandoulière. La surprise se lut sur son visage quand Francis l'accosta d'une voix ferme.

Après de brèves salutations, ce dernier lâcha :

— Vous jouez gros, Berger. Vous devriez être prudent.

À l'homme ahuri planté en face de lui de l'autre côté de la chaussée, il expliqua qu'il fallait mettre fin à sa prise d'otages.

Berger restait coi. Lentement, il se redressa, faisant succéder rapidement l'arrogance à l'affabilité. Francis ne sembla nullement impressionné par cette attitude provocatrice. Sur un ton accusateur, il poursuivit :

— À quoi vous sert ce jeu, Berger ? Vous vous trompez de cibles. Vous n'êtes craint que par des complices de seconde zone. Le vrai responsable, lui, ne flanchera pas. Il n'avouera jamais.

— Que savez-vous de tout cela, l'Acteur ?

Francis releva la tête. Ses cheveux lui dessinaient une auréole de blancheur dans la lumière du matin.

— Ce qu'en ont dit les journaux. Ce que m'a raconté Lucien.

— Pourquoi vous mêler d'une si vieille histoire?

La réponse de Francis fendit l'air :

— Parce que vous êtes en train de détruire mon ami.

— La couardise, ça se paie. Quelques jours de remords tous les deux ans, c'est un bien faible remboursement pour cinq ans de taule!

Berger épiait chez son interlocuteur le moindre mouvement des lèvres, le moindre battement de paupières. Francis devint rouge de colère. Mais il demeurait immobile, la mâchoire serrée.

Toujours séparé par la route, les deux hommes se jaugeaient.

Francis rompit le silence :

— Attention, Berger. Votre vie aussi est en danger.

Leurs regards se mesurèrent. On devinait presque la lame des épées qui allaient se croiser.

À Francis toujours sur ses gardes, Berger proposa brusquement :

— Parlons d'homme à homme, l'Acteur.

Peut-être à cause du ton adouci de la voix, peut-être à cause des yeux noirs qui s'étaient illuminés, peut-être par lassitude ou par simple amitié, Francis accepta.

Il s'assit sur une pierre plate. Berger traversa la bande d'asphalte et, adossé à un tronc d'arbre, se raconta. Ses souvenirs étaient aussi clairs que cette heure transparente de janvier qui les baignaient. Ses propos étaient tranchants comme la douleur qu'il portait toujours en lui.

— Mai 68… Quel grand festin ce fut pour nous, les jeunes de l'époque. La révolte, l'explosion, le chaos. La vie qui s'éclate, nous entraîne au milieu des flonflons de la rue, des hurlements à la mort des bourgeois, à la fin de l'Histoire, à l'anarchie.

Berger s'interrompit pour savourer ces instants de jeunesse. Puis, il reprit avec nostalgie :

— Les slogans, on les buvait comme des absinthes; les graffitis, on les brandissait comme des drapeaux; les injures, on les psalmodiait comme des «sésame, ouvre-toi» sur tous les possibles. On l'avait enfin, notre prise de la Bastille à nous, notre Commune à nous, notre maquis, notre glorieuse guéguerre. Bien à nous, celle-là! L'orgie philosophico-politique a duré quelques semaines vécues entre la liberté et la licence, entre l'euphorie et la confusion. Les grandes utopies se concrétisaient en vandalisme d'adolescents attardés. C'était quand même de quoi se fabriquer de beaux souvenirs.

— Il faut bien s'inventer des exploits à raconter à ses petits-enfants, ironisa Francis.

— Ce fut ensuite le retour au calme, au mortel ralenti de l'été parisien. Les journalistes péroraient sur les miettes qui restaient. Le Président pontifiait tout en préparant sa liste de mise en réserve de la République. Les ouvriers recouvraient les pavés de bitume. Les CRS arpentaient la rive gauche et hantaient les bouquinistes avec des grimaces inquisitrices.

— Le rideau finit toujours par tomber, même sur les plus beaux spectacles...

— J'avais appris d'un copain qu'un professeur de lycée s'était faite bergère pour fuir les pièges de ce qu'elle appelait l'«aristocratie intellectuelle». Le geste avait du panache. J'ai voulu suivre son exemple. Débarqué à Perpignan, je me suis mis à errer sur les routes du Roussillon. Je dormais à la belle étoile, mangeais au hasard du chemin, m'amusais au vent des rencontres. Les voyages forment la jeunesse, dit-on... et j'y mettais toute l'insouciance permise. Un matin, à l'aube, l'odeur forte d'un troupeau qu'on mène au pâturage m'a réveillé. Le berger avait mon âge. Il m'a permis de le suivre. J'ai passé quelques semaines en estivage avec lui. Nos différences ont vite surgi. Il vivait de silence. Je parlais sans arrêt... Tu sais, l'Acteur, il est facile de teinter de romantisme le prolétariat rural dans un bistrot du Quartier latin. Mais le charme de la révolution se fane vite quand il faut dormir, nuit après nuit, dans l'odeur âcre et persistante d'un troupeau! J'ai décidé de rentrer.

Francis écoutait le récit imagé de Berger qui continuait sur sa lancée:

— Pour rire un peu avant de nous séparer, nous avons échangé des vêtements: mon blouson de cuir contre sa cape de laine, mon béret contre son chapeau. Je suis redescendu vers Prats-de-Mollo. J'ai repris mon errance: je déambulais d'un village à l'autre vêtu des fringues du berger. C'était enivrant. Un soir, à Sérans, j'ai rencontré…

— Je sais…

Berger rejoignit Francis sur la pierre plate. D'une voix hargneuse, il continua:

— Jean Malepeyre m'a déplu d'emblée avec ses faux airs de truand, ses comportements d'aigrefin de village. Et les deux autres qui le regardaient comme s'ils contemplaient Dieu le Père en personne! Quelle pitié! Comme j'avais parlé tout seul pendant des semaines, mon imagination était en effervescence. Le vin était bon et je comptais bien leur en mettre plein la vue aux trois péquenauds! Alors j'ai raconté comme miennes les aventures d'à peu près tous les étudiants de philo que je connaissais. Les copains de Malepeyre ouvraient la bouche. D'admiration crédule. L'autre s'impatientait. Ce qui me plaisait bien. Puis, j'ai quitté le restaurant, le ventre plein et assez fier de mon numéro… Deux jours plus tard, j'étais cueilli près d'Amélie-les-Bains. Étudiant, philosophe, gauchiste, anar. Mon dossier était complet. J'étais la prise inespérée. Comme coupable, j'avais tout pour plaire! Et que vaut la parole du mec de Paris contre celle des gars du pays? C'était perdu d'avance. À quelques jours de mes 30 ans, riche de cinq ans de vie aux frais de la nation française, avec pour toutes possessions mes vieux vêtements de faux berger et un casier judiciaire tout neuf, j'ai repris la route…

Berger suspendit son récit, la gorge sèche, la bouche amère. Francis soupira.

— Un prix cher à payer pour un cocktail d'arrogance et d'insouciance.

— Allez au bout de votre idée, l'Acteur, et dites «Quelle connerie que tout ça!» Vous avez raison! Nous étions quatre connards qui se sont crus capables de tenir des rôles qui les dépassaient. Et, au bout de cette histoire insipide, il y a eu mort d'homme, de femme et d'enfants.

Berger et Francis se levèrent avec une pesante lenteur. Côte à côte, ils revinrent vers l'entrée de Roquambour. La voix sombre de Francis réitéra son conseil:

— Prenez garde. J'ai entendu Malepeyre. Cet homme est prêt à tout pour se libérer de…

— De sa conscience?

— Non. De vous…

Un éclair s'alluma dans l'œil de Berger. Un rictus énigmatique se dessina sur ses lèvres.

— Ne craignez pas pour moi, l'Acteur.

D'une démarche décidée, l'homme se dirigeait déjà vers Majou. Immobile, Francis le suivait des yeux.

Berger parcourut une cinquantaine de mètres, puis se retourna brusquement pour crier:

— La vie se chargera de tout ça!

27.

Dès son entrée dans le café enfumé, Francis avait eu l'étrange impression que tout y était changé!

Après avoir jeté un long regard autour de lui, il constata que le décor était exactement le même : un comptoir encombré de verres sales, des murs placardés d'avis officiels et d'affiches défraîchies, des rideaux tirés qui gardaient la salle dans la pénombre.

Francis prit place devant Laurent Séguéla, près d'une fenêtre. Aussitôt l'impression première lui revint : quelque chose avait changé. C'était dans l'air. Dans le ton des buveurs. Dans l'intensité des rires.

Le boulanger s'attardait devant son verre sans jeter de coup d'œil à sa montre.

— Le pain attendra encore un peu… expliqua-t-il à Francis pour justifier sa présence au café à cette heure.

Albert était tout sourire. Il blaguait en lavant ses verres puis il offrit une tournée générale sans rien d'évident à célébrer. Les applaudissements fusèrent… On aurait dit des écoliers faisant l'école buissonnière.

Du jamais vu, du jamais entendu.

Le père Castella entra, suivi de deux autres vieux. Le soleil d'hiver avait quitté la place; les hommes venaient chercher un peu de chaleur et de quoi apaiser leur soif. Sans un mot, ils s'assirent à une table, firent quelques signes au cafetier qui, d'un mouvement discret de la tête, indiqua qu'il apportait la commande.

Lucien parut à son tour dans l'embrasure de la porte, bien avant l'heure de fermeture de la poste. Il accrocha sa casquette de fonction à la patère et, de table en table, passa serrer les mains tendues. Rejoignant Francis et Laurent, il commanda un grand rosé. Francis constata rapidement, et avec joie, qu'il s'exprimait avec l'exubérante légèreté qui était sa marque autrefois.

Attablé dans son coin habituel, Berger perpétuait ses rites : il scrutait les clients et écoutait sans broncher les bribes de conversation qui lui parvenaient. Pas même un hochement de tête à l'arrivée de Francis ! Il souhaitait qu'on l'oubliât dans l'ombre du café... Autant, certains jours, il aimait faire converger vers lui les regards, autant, ce jour-là, il semblait avoir choisi de se mouler au décor.

Francis apprit finalement la raison probable de cette insouciance joyeuse chez les habitués du café : Jean Malepeyre était absent de Majou depuis la veille.

— Et pour deux jours encore, précisa Lucien.

— Une rencontre des maires de la région, expliqua Albert en plaçant un carafon de vin devant Francis.

— Et le chat parti, les souris dansent ! lança le boulanger avec emphase, en levant son verre.

Un éclat de rire général s'étala sur la grisaille du café. Francis pensa à une couche de neige brillante sur la gadoue printanière dans les rues d'Ottawa. Il faisait bon tout à coup à Majou.

L'heure s'égrenait comme un chapelet sous les doigts d'une bigote. Trop vite. La vie devait reprendre son cours. Deux ouvriers maçons qui avaient prolongé indûment leur pause écrasèrent leurs mégots et revêtirent nonchalamment leur blouson. Comme si leur départ avait sonné la fin de la récréation, Maître Peyrille rajusta son nœud papillon, essuya minutieusement ses lunettes et regagna son étude. Le boucher, en manches de chemise, traversa la rue en courant pour retrouver son commerce. Les vieux quittèrent leur table. Le boulanger retourna à son four en se traînant les pieds. Lucien se leva à son tour pour aller reprendre son service.

Dans le fond de la salle, Berger agrippa son sac de toile. Sans un regard ni pour Albert ni pour Francis, il sortit. Francis souleva le rideau. Berger s'engouffrait chez l'épicier.

Francis constata qu'il avait trop bu. Il n'aurait pas été prudent de prendre le volant tout de suite. Il commanda un express. Double.

Resté seul près de la fenêtre, il pensa à sa conversation avec Berthe. Sa voisine avait peut-être raison… Les provins naissaient de ceps torturés par la sécheresse et la tramontane, mais ils pouvaient devenir de belles vignes…

Quand il rentra à Roquambour, Francis Casals avait décidé qu'était venu le temps d'arracher un provin à la plante mère.

28.

D EPUIS DEUX JOURS, Francis faisait la navette entre Roquambour et Majou, entre sa maison et la cabine téléphonique de la poste. Il avait tenté, sans succès, de joindre Martin d'abord chez lui, ensuite au bureau.

Il réussit finalement à joindre son adjointe. Elle lui fit part de l'absence du patron. La jeune femme habituellement fort affable envers Francis se faisait distante.

— Monsieur Giguère est en vacances pour plusieurs semaines.

D'une voix sèche, elle précisa même :

— Je n'ai aucun moyen de communiquer avec lui.

Francis n'en croyait pas un mot. Martin n'avait jamais pris congé de son travail depuis trente ans. Rien que des weekends greffés à des semaines affolantes de visionnages festivaliers et de discussions d'affaires avec des producteurs. Martin travaillait avec une avance de deux ans sur le calendrier du citoyen ordinaire. Martin avait trop besoin de sa dose d'adrénaline pour même rêver d'un arrêt. Martin en vacances ?

Impossible !

La voix avait menti. Martin s'agitait quelque part sur la planète, ou, plus sûrement, il refusait de lui parler.

Francis persévéra. Il appela à l'appartement de Martin à Montréal et à son pied-à-terre de Toronto. Seules les boîtes

vocales répondaient. Comme Francis n'avait aucune intention de converser avec une mécanique, aussi sophistiquée fût-
elle, il raccrochait rageusement. Après une dernière tentative
infructueuse, il se résigna.

Le soir même, il fit venir Jacques Dalvergne chez lui. Il
lui exposa ses intentions concernant la maison de Gervaise :
il voulait en faire un lieu agréable, confortable où venir se
ressourcer chaque année. Le jeune maçon fut ravi du projet
qu'on lui confiait.

— Une seule pièce là-haut, avec une salle de bains moderne.
De nouvelles fenêtres partout.

— On va devoir les fabriquer sur mesure. Ça risque de faire
gonfler la...

— Je paierai ce qu'il faut.

— Et pour la cuisine ?

— Je la veux pratique, simple, ouverte sur le séjour.

Les deux hommes discutèrent des rénovations que
commandait Francis. Jacques débordait d'enthousiasme et
prenait note des demandes de son client.

— Il me faudra du temps pour évaluer tout ça avec préci-
sion mais je vous reviens aussitôt.

— Fais vite. Je dois rentrer au Canada.

Sur le seuil de sa porte, Francis s'enquit, en serrant la main
que lui tendait Jacques :

— Tu pourrais compléter cela en dix-huit mois ?

— J'y arriverai, allez. J'y arriverai, Patron.

Le lendemain, Francis se présenta chez Berthe Sabaté. Il lui
fit part de son départ imminent et des travaux pour lesquels
il avait engagé Jacques Dalvergne. Berthe se réjouissait de ces
nouvelles.

— C'est donc qu'on vous garde un peu avec nous ?

Francis expliqua à Berthe qu'il avait aussi besoin d'elle pour
mener à bien ses plans.

— J'aimerais vous confier la décoration.

Berthe se montra flattée, mais hésitante. Elle protesta.

— Monsieur Francis, je ne suis nullement spécialiste en aménagement intérieur.

Elle finit par exprimer sa plus grande crainte :

— Et si ça ne vous plaisait pas ? Je vous connais si peu.

— Berthe, reprit Francis, j'aime vos tissages. J'aime le décor que vous habitez. Je vous fais entièrement confiance.

— Vous en êtes sûr ?

— Tout à fait.

— J'aimerais quand même que vous regardiez ce que j'ai fait ces derniers mois.

De l'atelier, elle monta ses derniers modèles. Francis les examina avec minutie et ravissement. Il appréciait tout autant l'agencement des tons que la finesse des motifs. En effeuillant cette marguerite multicolore, il lui faisait spontanément part de ses impressions : un peu, beaucoup, un peu moins…

— Quant à l'ameublement… commença Francis.

Une fois encore Berthe le prévint de son incompétence. Mais Francis possédait le talent de convaincre. Il n'en était pas à ses premières armes dans cette arène-là. Après quelques tergiversations, Berthe accepta.

29.

Le Canigou faisait planer sur l'horizon la lumière de son sommet. Le soleil chauffait résolument pour chasser l'hiver. Les vignobles allaient pouvoir renouer avec la vie.

Assis sur la terrasse de sa maison, Francis regrettait le blâme dont il avait accablé Berger quelques jours plus tôt. Il n'avait voulu au départ que le mettre en garde contre Malepeyre. Rien d'autre. Un geste d'amitié, en somme. Mais la rencontre avec Lucien avait changé la donne. L'ami d'enfance souffrait. Il se laissait détruire par le remords, le tabac et l'alcool.

Certes, une famille entière avait perdu la vie à cause de sa sottise, de sa stupidité, mais fallait-il encore que Berger s'acharnât? La vengeance redonnait-elle vie? Rendait-elle la liberté perdue? Les reproches de Francis à Berger étaient un cri du cœur. Un hurlement à l'absurdité du drame de Castellouges qui se perpétuait, perdurait depuis près de quarante ans.

Mais qui était-il, lui, Francis Casals, pour reprocher à Berger de tenir Majou en otage? N'avait-il pas lui-même gardé Marie et Sophie prisonnières de son passé? Elles n'avaient jamais rien su du drame de Port-Vendres, de la révolte et du désespoir de Francis après sa rencontre avec Pierre Ramadou. Pourtant, les secousses de ce séisme-là n'avaient jamais cessé d'agir en lui et ni la fuite au Canada ni les feux d'artifice de la réussite n'avaient pu en effacer la mémoire.

Francis avait cru laver la blessure en l'inondant de silence comme si ce dont on ne parlait plus disparaissait, cessait d'agir. Sans comprendre, Marie et Sophie avaient payé la fraude naïve de Gervaise et la terrible désillusion de son fils. Et Francis se noyait dans cette eau sombre où flottaient trop de cadavres.

Que restait-il de Francis Casals quand le comédien se délestait de la peau du personnage ? Que devenait l'homme une fois que se taisait l'écho des répliques, quand s'éteignaient les feux de la rampe ou le voyant de la caméra ? Qui était Francis, fils de Gervaise Casals ? Qui était le compagnon de Marie et le père de Sophie ?

Dans la tête de Francis, des mots redoutables, foudroyants le condamnaient : assassin par abandon, criminel par négligence, meurtrier par omission.

La maison d'Ottawa s'illumine. Francis constate avec bonheur que Sophie embellit de jour en jour. Marie est radieuse… Marie si captivée par son travail, et qui semble s'éloigner de lui, imperceptiblement, depuis des années, est chaleureuse et tendre, ce soir. Ils célèbrent seuls tous les trois.

Minuit a sonné. C'est Noël. Ils ouvrent leurs présents. Ils rient. Ils réveillonnent. Une famille apparemment heureuse… On vient de se souhaiter « Joyeux Noël ! » en sablant le champagne.

Une dispute éclate. Bête. Inutile. Un départ s'ensuit. Fatal.

Comment la dispute avait-elle commencé ? Pourquoi les voix s'étaient-elles amplifiées dans la sérénité de la nuit ? Quelle étincelle avait allumé l'incendie ? Francis fronça les sourcils… Le souvenir s'animait.

Minaudant, Sophie les informe, Marie et lui, qu'elle passera la soirée de Noël avec Sébastien, son copain du moment. Francis souhaite plutôt qu'elle demeure avec eux. Elle insiste pour

rejoindre son ami. Marie cherche à la raisonner. Elle explique
que Martin sera là, la tante Catherine et les grands-parents.
Sophie leur tient tête. Francis se cabre. Marie cherche à tempo-
riser. Sophie se rebiffe. Exaspéré, Francis lève la voix et argüe
qu'à Noël la priorité va à la famille. Fulminant, Sophie se lève
d'un bond de panthère et jette à la figure de ses parents :

— Ma famille, c'est Sébastien. Quand j'ai besoin de lui, il est
là, lui.

Marie avait tenté d'atténuer le choc, mais déjà Francis
entamait la grande scène du père exigeant de sa fille respect
et reconnaissance. Marie avait prié sa fille de laisser la nuit lui
porter conseil. Ses appels au calme étaient restés vains. Avec
hauteur, Sophie avait finalement servi une blessante réplique
à son père :

— J'ai appris à vivre sans toi. Apprends à te passer de moi,
c'est tout.

Elle était montée à sa chambre. Francis arpentait le salon.
Marie pleurait en silence. Quelques minutes plus tard, Sophie
se précipitait dehors et avant que Francis ait pu réagir, elle
disparaissait au coin de la rue dans la petite voiture nerveuse
qu'elle avait reçue pour ses seize ans.

La dispute s'était poursuivie entre Marie et Francis.

Les flèches empoisonnées sifflent dès l'ouverture du combat.
Puis, le tir nourri des reproches et des blâmes mitraille la pièce,
jusqu'à ce que retentisse le canon des frustrations accumulées :

— Tu ne sais pas aimer, Francis Casals, crie Marie. Tu ne
peux pas te mettre dans la peau d'un autre si ce n'est pas un
personnage.

La fragilité d'une trêve avait succédé à l'affrontement. Francis
avait jeté un coup d'œil à l'horloge et blêmi. Sophie était partie

depuis plus de deux heures maintenant… Marie s'était approchée timidement de Francis et avait suggéré, avec douceur :

— Attendons-la ensemble, tu veux ?

Le téléphone sonne. C'est la police. Sophie repose à l'urgence de l'hôpital Montfort. Le verglas de l'avant-veille a laissé sur le Queensway des plaques de glace. La jeune conductrice a fait une embardée qui a été suivie d'une collision latérale. La vitesse. L'inexpérience…

Sophie était morte au milieu de la matinée, sans retrouver conscience. Après le service funèbre, Marie s'était isolée dans un mutisme accusateur. Francis s'était enfermé dans sa bibliothèque. Il ne trouvait pas les mots pour lui parler, la consoler, partager sa souffrance.

Il trouve ses vêtements dans la chambre d'amis. Marie lui interdit la chambre conjugale. Malgré cela, il se montre tendre avec elle ; il propose de longues vacances ensemble. Ses tentatives restent sans écho. Marie est ailleurs.

Seul Martin parvenait à lui faire absorber un peu de nourriture, et parfois, brièvement, à la faire sourire. Francis avait annulé tout ce qu'il lui était possible d'annuler professionnellement. Mais sa bonne volonté arrivait trop tard. Marie avait été amputée de sa raison de vivre. Rien ne l'atteignait plus.

Marie s'était laissée mourir. Elle était partie, sans un mot, sans un sanglot, quelques mois plus tard.

Francis était à jamais seul.

Aujourd'hui, pour la première fois depuis plus d'un an, il avait réussi à faire face à ce récent passé. Il avait regardé la vérité sans tenter de se donner le beau rôle, sans l'écran des justifications, sans le bouclier des alibis.

L'heure du retour de Berger à l'ermitage avait sonné. Il décida de l'y attendre. Il tenait à lui parler sans artifices, sans phrases pompeuses, sans quiproquos.

Là-haut, pas un souffle. Nul signe de vie. Nulle trace de présence. Pas même une bouteille vide. Francis attendit. Berger ne rentra pas.

Au hameau, il s'informa auprès de Berthe.

— Je ne l'ai pas vu aujourd'hui. Ni hier. J'y pense, ça fait bien trois jours…

Francis prit alors conscience qu'il n'avait pas revu Berger depuis sa dernière visite au café… Il se précipita au village où Albert confirma le départ de Berger.

— Laisse-moi te confier un secret, le Canadien, personne ici ne s'en plaindra !

Francis s'assit au comptoir et commanda un demi. Il ressentait soudain un grand vide en lui. L'effroyable état de manque, la *saudade* de la veille de Noël s'installait à nouveau.

Ce fut alors que, dans la fumée du café, Henri Salvat, l'ancien instituteur, fit irruption, et cria à la cantonade :

— On a trouvé un corps dans le verger de Lucienne !

30.

Le Soleil du Roussillon
Le 29 janvier 2005

Drame à Majou

Le village de Majou est en deuil. *Jean Malepeyre, le premier magistrat de Majou, est mort dans des circonstances qui demeurent pour l'instant mystérieuses. Son corps sans vie a été trouvé, en fin d'après-midi hier, par un jeune couple qui a aussitôt fait part de la terrible découverte à la gendarmerie.*

Jean Malepeyre était un homme dynamique et vision-naire. En milieu de semaine, après la rencontre annuelle des magistrats municipaux du Roussillon, il avait réuni ses homologues des communes avoisinantes pour leur présenter un projet grandiose : la célébration du millénaire de Majou et de quatre autres hameaux et villages de la région. Après de longues discussions, l'idée de Jean Malepeyre avait été acclamée par ses collègues des communes concernées. C'est dans l'enthousiasme et la solidarité que les magistrats s'étaient quittés avant-hier après le repas du midi.

Selon une voisine, le maire ne serait pas rentré chez lui après la rencontre de Perpignan : elle n'a pas vu sa voiture, elle n'a entendu aucun bruit chez lui et, elle qui souffre d'in-somnie, n'a détecté aucune lumière ni pendant la soirée de jeudi ni durant la nuit, ni ce matin. Marié et divorcé à deux reprises, Jean Malepeyre vivait seul depuis plusieurs années.

Son absence avait été remarquée au café, mais ses amis ne s'étaient pas inquiétés outre mesure, monsieur le Maire étant aussi un homme d'affaires occupé. Les habitants de la commune sont aujourd'hui sous le choc.

❧

La mort de Jean Malepeyre avait placé Majou au cœur de l'actualité régionale. Les villageois avaient vite saisi l'occasion d'un peu de notoriété, collective ou individuelle. Tous les prétextes leur étaient bons pour se retrouver sur la place malgré le froid du matin qu'ils maudissaient d'habitude.

Avec l'air de vaquer à leurs occupations, ils y attendaient le car de la télévision. La veille, les caméras avaient filmé les écoliers devant la cour, à l'heure de l'entrée en classe. Madame la directrice, qui aurait sans doute accepté une entrevue pour elle, s'était opposée farouchement à ce qu'on posât quelques questions que ce fût aux petits. La journaliste avait vite compris : elle guetta, le lendemain, les enfants un peu plus bas dans la rue. Madame la directrice perdit tout espoir d'être interrogée aux actualités télévisées !

Le Soleil du Roussillon
Le 31 janvier 2005

L'AFFAIRE MALEPEYRE : QUELQUES HYPOTHÈSES
Les fruits d'une réflexion de Thierry Lecalvet

DANS L'AFFAIRE MALEPEYRE qui défraie présentement la chronique des journaux et les actualités des médias, trois hypothèses s'offrent : l'accident, le meurtre, le suicide.

Le corps de Jean Malepeyre a été retrouvé sur la propriété de madame Lucienne Bourgadié. Selon cette dernière, la victime, qui venait fréquemment dans ce verger, lui aurait proposé à maintes reprises de l'acheter, ainsi que le terrain qui le jouxte et qui est présentement loué en jardins à des villageois.

« Il allait souvent se promener par là. Il avait des projets de construction. Il ne m'a jamais dit ce qu'il voulait bâtir sur ce terrain. Entre les branches, j'avais entendu parler d'une grande auberge... Ça ne me plaisait pas du tout. Je n'aimais pas l'idée de voir le village envahi par des touristes. Des étrangers ! Même pour une grosse somme, je n'avais pas l'intention d'accepter. Car il faut le dire, il m'en offrait de l'argent, monsieur le maire. Pour ça ! Il se montrait généreux ! Mais j'ai décliné. Chaque fois. »

Après l'adoption de son plan de célébration du millénaire de Majou, l'homme aurait-il bu à son triomphe ? Peut-être bu un peu trop ? On peut imaginer qu'en faisant des plans pour l'avenir, il se soit approché de la pente abrupte qui mène au ruisseau. Sur une pierre mouillée, son pied glisse, il tombe et il s'assomme.

Les gens de Majou ne retiennent pas cette hypothèse, à cause de la personnalité même du maire. Selon Albert Albeilhon, cafetier, Jean Malepeyre était plutôt celui qui, pour fêter son triomphe, aurait payé tournée sur tournée au café. « C'était un homme qui aimait faire la fête en compagnie de ses semblables. » Le boulanger Laurent Séguéla abonde lui aussi dans ce sens : « Je l'imagine mal en train de célébrer tout seul dans le verger de Lucienne... C'est pas sérieux ! Il est arrivé quelque chose... ou quelqu'un. »

On peut penser à un autre scénario. À son retour de la ville, le maire s'arrête sur la propriété afin d'inspecter les lieux une fois encore avant de faire une nouvelle offre à madame

Bourgadié. Possible qu'il ait rencontré là quelqu'un... Une discussion a lieu qui tourne à la bagarre ? Aurait-il été poussé dans la descente du Riou ?

Encore là, les citoyens de Majou refusent cette possibilité : « Jean Malepeyre avait des compétiteurs en affaires et des adversaires en politique, mais personne à Majou ne lui connaissait d'ennemis », insiste Henri Salvat, instituteur à la retraite. La police rapporte pourtant la présence de nombreuses bouteilles vides et de multiples traces de pas à proximité du lieu où fut trouvé le corps. Mais, selon Joseph Castella, ces traces ne veulent rien dire du tout puisque ce champ en retrait de la départementale est connu de tous les amoureux, depuis des générations !

Une chose est certaine : personne à Majou ne croit au suicide. Les amis les plus proches de la victime, messieurs Séguéla et Albeilhon, nous ont présenté l'homme comme un batailleur, une personne de challenge. Un autre de ses vieux amis qui a demandé que son nom n'apparaisse pas dans nos pages a affirmé « C'était un homme très fier. Seul un grand échec aurait pu l'abattre et lui faire commettre un geste comme celui-là. »

Or la rencontre que le maire venait d'avoir avec ses homologues de la région avait été un franc succès et son projet du millénaire venait d'être appuyé sans équivoque.

Le mystère, pour l'instant, reste donc entier.

31.

L ES VILLAGEOISES ne sortaient plus que bien coiffées et dans leurs atours du dimanche. Avide de révélations, la journaliste pourrait bien les intercepter à leur entrée chez le boulanger ou à leur sortie de chez le boucher ! Qui sait, c'était peut-être aujourd'hui qu'elle tendrait son micro comme un bouquet pour leur soutirer une anecdote sur le maire, sa vie, son œuvre.

Sans compter que maintenant, elle voulait tout connaître sur Berger. Depuis l'article... Et sur celui-là, alors... elles en avaient à dire ! Et à redire !

Francis fuyait micros et caméras comme la peste en espérant que personne ne dévoilât sa présence au village.

À la poste, Lucien le rassura :

— Ils sont bien trop occupés à jouer les vedettes eux-mêmes. Si tu crois qu'ils pensent à toi !

— Toi, la renommée, ça ne t'attire pas, Lucien ?

— Rien à déclarer. Rien à inventer non plus. T'as vu le journal ?

Francis saisit l'exemplaire que lui tendait Lucien.

Le Soleil du Roussillon
Le 1ᵉʳ février 2005

L'AFFAIRE MALEPEYRE : UNE NOUVELLE PISTE ?

ALORS QUE NOUS ATTENDONS *toujours les résultats de l'autopsie sur le corps de Jean Malepeyre, une piste vient de s'ouvrir qui pourrait s'avérer intéressante pour l'instruction.*

À Majou, un personnage mystérieux et ombrageux qui hantait le village depuis plusieurs semaines a maintenant disparu. Une villageoise, dont nous respectons le désir d'anonymat, nous a fourni plusieurs informations sur cet individu que tous appellent « Berger ».

« La police devrait peut-être chercher de ce côté au lieu de s'acharner sur les honnêtes gens », s'est plainte la dame à notre reporter.

Après vérification des informations reçues, nous pouvons affirmer que ce « Berger », nourri généreusement par les commerçants de Majou depuis la mi-décembre, n'est autre que le repris de justice Philippe Gridel, reconnu coupable de l'incendie de Castellouges en 1968 et condamné à la prison pour ce crime.

Par un hasard qui pourrait devenir pour lui incriminant, le faux berger n'a plus été vu à Majou depuis... la disparition du maire.

L'article rendit Francis perplexe. Comme il aurait aimé réentendre le dialogue de leur dernière rencontre...

Deux clients entrèrent. Lucien devait s'occuper d'eux. Francis prit le chemin de la cabine téléphonique.

À l'appartement de Martin à Montréal, la sonnerie du téléphone demeurait sans réponse. C'était exactement ce que désirait Francis. Après l'insolent timbre qui suivait l'invitation de Martin à laisser un message « bref et clair », Francis, laconique, confia à la boîte vocale de son agent :

— Je rentre. Le 5, par le vol d'Air France. Tu peux confirmer les contrats du printemps et de l'été. Je les remplirai.

Puis d'une voix plus amicale, il continua :

— Je comprends que tu en aies marre, Martin. Je comprendrais que tu mettes fin à nos relations. Comme agent. Comme ami. C'est loin — très loin — d'être mon souhait toutefois. J'ose encore te demander d'être à Dorval samedi. Si tu n'y es pas, je comprendrai… Je ne t'en voudrai pas.

Francis raccrocha et se sentit gagné, à rebours, par une grande fébrilité. Il resta assis dans la cabine pour reprendre le contrôle de lui-même. Il jeta un regard du côté de Lucien. Celui-ci s'affairait auprès d'une cliente. En retrait, il attendit qu'elle sortît.

Lorsqu'ils furent seuls, il déclara à Lucien :

— Je rentre au Canada.

— Comme ça ? Subitement ? T'as pas peur qu'on trouve ça louche au village ?

— J'ai un alibi. Rassure-toi.

Le comédien, en fronçant les sourcils, se pencha vers Lucien.

— Et toi, tu en as, un bon alibi ? Tu me sembles soulagé d'un grand poids depuis quelques jours. Tu redresses l'échine. Tu marches la tête haute.

Sans répondre, Lucien prit d'un tiroir le cendrier débordant de mégots et alluma une cigarette. Avec un sourire ravi, il marmonna :

— Cet après-midi-là, je l'ai passé au travail, puis au café.

— Me voilà donc rassuré, moi aussi.

Francis se dirigea vers la porte, mais revint aussitôt sur ses pas.

— Au fait, j'ai quelque chose d'autre à te dire… Rien qu'à toi.

Lucien ouvrit grand les yeux et attendit, la cigarette encore aux lèvres, les narines dilatées, la révélation de son ami. Avec une lenteur bien rodée, Francis commença :

— Le marché n'est pas tout à fait conclu, mais je suis en voie d'acheter…

— Quoi ?

— L'ermitage.

— Quoi !

Le mot résonna, perçant d'incrédulité.

Francis sourit. Il avait obtenu l'effet souhaité. Puis, il expliqua :

— Ce vieil héritage traînasse de testament en testament depuis cinq générations. L'héritier actuel n'a que 23 ans et ne demande pas mieux que de vendre une ruine dont il ignore jusqu'à l'emplacement. Ce n'est plus qu'une question de paperasse et de temps.

Lucien lissait nerveusement sa moustache. Dans une grimace où l'incompréhension s'écrivait en caractères gras, il osa :

— Pourquoi t'as fait ça ?

— Pour que personne ne vienne fouler notre enfance, Lucien. Il faut savoir protéger les instants de pur bonheur.

Lucien tira une dernière fois sur sa cigarette avant d'en écraser le mégot dans le cendrier malodorant.

— Je ne suis pas doué pour le bonheur, moi, confia-t-il à Francis.

— Moi non plus.

— Hé… Comment t'appelles ta réussite, là-bas ?

— Les statuettes qui accumulent la poussière sur le manteau de la cheminée, les flashes, les affiches, les marquises illuminées avec ton nom en grosses lettres, tout ça, ce ne sont que des feux d'artifice qui cachent la lumière du jour. Et celle-là, elle s'épuise quand on la fait trop attendre.

— Pourtant…

— À poursuivre la vraisemblance, Lucien, on perd contact avec le vrai.

L'horloge indiquait l'heure de la fermeture. Lucien se leva et passa une main décharnée sur son crâne lisse.

— Si ce n'était de l'engeance médiatique qui risque de nous sauter dessus, j'irais bien prendre un verre, moi.

— J'ai mieux. Je t'amène à Roquambour.

Dans la montée, Lucien demanda d'une voix candide :

— Dis, Francis, tu crois que je pourrais être heureux, moi, un de ces beaux matins ?

— Qui sait, va ? On a peut-être encore une chance, toi et moi, si on s'applique bien.

— Francis, Francis, tu t'entends ?

Lucien s'agitait sur le siège. Tout sourire. Le regard brillant.

— Mais qu'est-ce que j'ai dit pour que tu t'affoles comme ça ?

— Ce n'est pas ce que tu dis, c'est comment tu le dis !

— Explique-toi, nom de Dieu !

— Vieux frère... t'as retrouvé l'accent, l'accent d'ici !

❧

Le Soleil du Roussillon
Le 2 février 2005

L'AFFAIRE MALEPEYRE : LES RÉSULTATS DE L'AUTOPSIE

« LA MORT DE JEAN MALEPEYRE n'est ni un suicide ni un meurtre, mais a pour origine un accident vasculaire cérébral déclenché par une tumeur. » C'est ce qu'a déclaré, lors d'un point de presse, le médecin légiste qui a fait l'autopsie.

On se souvient que, vendredi dernier, le corps sans vie du maire de Majou avait été retrouvé dans un verger à l'entrée de son village. Le rapport d'autopsie, rendu public hier, a révélé que Jean Malepeyre souffrait d'une tumeur au cerveau. L'homme aurait été, le 28 janvier dernier, victime d'une hémorragie cérébrale qui aurait entraîné la mort.

Ce rapport met fin à une série d'hypothèses qui tenaient la population de la région en émoi depuis plusieurs jours.

Une cérémonie funèbre aura lieu à Majou, après-demain. C'est monsieur Albert Albeilhon qui occupe provisoirement les fonctions de maire de Majou.

32.

Un vol sans histoire. Une longue immobilité au-dessus des nuages. Francis n'avait rien vu du bocage normand, rien de la Manche, rien des côtes anglaises. La première percée dans les nuages avait eu lieu au-dessus de l'Irlande. Une émeraude vite disparue.

Francis avait pu baigner son regard un temps dans l'iris indigo de l'Atlantique. Il avait somnolé un peu, après le repas. Mais le trac des possibles retrouvailles avec Martin s'opposait à toute vraie détente.

Sous un ciel dégagé, il pouvait voir les rives du fleuve Saint-Laurent se resserrer peu à peu. En avance sur l'heure annoncée, l'avion s'engagea dans la descente vers Montréal, puis se posa sur le ruban d'ardoise qui dévala entre deux nappes de neige blanche.

Francis se joignit à la longue file qui marchait vers les douanes. Des chiens renifleurs passaient les bagages en revue. Au comptoir, la sévérité des préposés, le regard soupçonneux qu'ils faisaient planer sur chaque voyageur donnèrent à Francis la nostalgie d'avant le 11 septembre 2001.

Francis jeta un regard furtif du côté de la sortie. Martin n'était pas là. « Il viendra », se rassura Francis. L'avion ne s'était-il pas posé plus tôt que prévu ? Francis attendit. Francis espéra. Mais le temps coulait lentement au sablier !

Après une vingtaine de minutes, Francis se rendit au comptoir de la compagnie et demanda un appel au micro. Il reprit patiemment son attente. Vingt minutes… Une demi-heure.

Personne. Francis comprit. Il lui fallait accepter l'évidence. L'inévitable. Martin ne viendrait pas. D'un pas vif, il sortit de l'aéroport. Blessé. Meurtri. Mais digne.

Sur le quai, devant lui, l'autobus Voyageur venait de s'arrêter pour prendre les passagers en route vers Ottawa. Sans hésitation, Francis monta à bord. Sur la 417, le sommeil le gagna enfin.

À la gare routière, les autobus bien alignés déversaient passagers et bagages. Francis remarqua que les trottoirs de la rue Catherine avaient été déblayés. Il décida de marcher jusque chez lui. Il lui fallait retrouver d'autres bruits, d'autres voix. Il devait reprendre le fil de sa vie, après la longue parenthèse de Roquambour.

Sur la rue Bank, un froid humide l'étreignit. Il dut ralentir le pas face au vent qui sifflait avec insolence. Sa valise devenait lourde à traîner. Une autre rue à traverser. Le feu rouge semblait s'étirer…

Francis reconnaissait maintenant les devantures familières des magasins. Certains changements le frappèrent toutefois : l'épicerie vietnamienne avait fermé ses portes ; un restaurant italien avait ouvert les siennes. Francis accéléra le rythme de sa marche. Il avait grand-hâte de rentrer au chaud. La valise roulait en cahotant sur les trottoirs mal nettoyés des rues secondaires.

Fidèles, les arbres de la rue Frank se tenaient résolument au garde-à-vous. Le froid transperçait. Cinglant. Encore deux croisements et ce serait la rue Nicholls.

Ici et là, persistaient des décorations lumineuses du temps des fêtes. Un bonhomme de neige gonflable s'était aplati. Ne restaient de lui que quelques taches colorées sur la neige miroitante : l'orange extravagant d'un nez carotte, le noir jais d'un chapeau haut-de-forme et les rayures étincelantes d'une écharpe…

Francis pénétra enfin dans la maison qu'il avait désertée, trois mois plus tôt. Il y faisait terriblement sombre. Le silence l'enserra.

Francis posa sa valise dans le vestibule, suspendit sa canadienne et retira ses bottes.

Planté au milieu du salon, dans le noir, il n'aurait su dire s'il regrettait ou non ce retour. Une chose était certaine : il ne se sentait plus tout à fait chez lui, ici. Il lui faudrait aussi renaître à ce passé-là. Il lui faudrait arracher un autre provin à la plante mère. Une grande lassitude l'accabla. Il prit une longue respiration, et s'étira.

La porte d'entrée s'ouvrit violemment. Le vent s'engouffra avec force dans le vestibule. Puis une voix claironna :

— Qu'est-ce qu'on se commande, maudit Français, de la pizza ou du barbecue ?

33.

À Ottawa, mai s'accroche aux branches. Il embaume les haies de lilas, allume ses myosotis dans les sous-bois et illumine de ses bouquets multicolores les sentiers qui bordent le canal Rideau.

Depuis deux semaines, les jardins de la capitale s'emplissent de touristes venus boire du regard les somptueux arrangements de tulipes. Il y a festival. Tout le week-end, des familles, véritables petits essaims, ont envahi la ville. Francis les a vues rire, crier, gesticuler et déambuler partout. La semaine a ramené les autocars et leurs lents défilés d'aînés qui chuchotent respectueusement, comme à l'église, devant la palette audacieuse des peintres jardiniers.

Depuis le retour du beau temps, Francis a pris l'habitude de se rendre à pied aux répétitions. Une promenade d'une quarantaine de minutes qu'il accomplit avec entrain et constance. Il aime observer les visiteurs se faire photographier devant les parterres et les édifices : aux bords du canal, au parc du Centenaire, à la terrasse du Café du Centre national des Arts, aux écluses près du Château Laurier, sous la gigantesque araignée du Musée des beaux-arts.

Aujourd'hui, Francis se détend. Sous un arbre de sa cour, il a installé son hamac et, allongé, il travaille à mémoriser une scène. Une création audacieuse et provocatrice d'une jeune dramaturge. Un metteur en scène à ses premières armes. Des camarades encore jeunes qui pourraient être ses enfants. Francis a accepté de lier son nom à cette production qui n'est pas sans risque. Depuis un an, il a décidé de s'ouvrir davantage à la relève, de se détacher des valeurs trop sûres où le talent s'enlise.

On sonne à la porte. Francis s'arrache à son confort. Le facteur, tout sourire sous sa casquette, lui tend une feuille et lui indique l'espace d'à peine trois centimètres où il doit apposer sa signature. Francis griffonne ses initiales. Satisfait, le facteur reprend son itinéraire.

Francis s'étonne de cet envoi recommandé et de la grandeur de l'enveloppe. D'habitude, les envois de Berthe Sabaté lui parviennent dans des enveloppes plus discrètes et par la poste régulière.

Il ouvre avec précaution la lettre hebdomadaire en provenance de Roquambour. Depuis quinze mois, assidûment, Berthe tient le journal des rénovations et expédie chaque semaine une dizaine de feuilles lignées de son écriture appliquée. Tous les détails domestiques s'y trouvent. Les problèmes rencontrés comme les solutions apportées. De la maçonnerie à l'électricité, de la plomberie au recouvrement des planchers, de l'installation des fenêtres à la tapisserie des murs, elle tient Francis au courant de tout.

À travers les comptes-rendus de Berthe, Francis prend peu à peu possession de la maison de Gervaise. Il trouvera en juillet prochain, à Roquambour, une maison bien à lui. Amusé, Francis note que sa voisine du Roussillon parle de plus en plus fréquemment de Lucien. Le camarade d'enfance est passé dans la vie de la demoiselle d'une figuration timide à un solide rôle de soutien.

Lucien et Berthe. Berthe et Lucien. Francis n'y avait jamais pensé. Il n'aurait même pas osé l'imaginer.

Ces deux-là sont devenus des amis. De «bons amis». Francis sent que seule la pudeur de l'ancienne institutrice lui interdit d'ajouter un «très» à ces «bons» amis-là...

De son côté, Jacques Dalvergne travaille dur. Maintenant qu'il ne reste plus que quelques légers travaux chez Francis, le jeune maçon a entrepris un autre chantier.

Il agrandit son propre logis grâce à l'achat de la maison voisine comme il en avait l'intention depuis un bon moment.

Francis sourit. Son protégé avance sûrement vers la réalisation de son rêve.

Berthe précise :

Il lui faut faire vite maintenant. Mado attend un enfant. C'est officiel depuis trois jours.

Elle explique que les travaux de Jacques à Roquambour ont donné à penser à Lucien qui parle maintenant de redonner vie à la maison de ses grands-parents. Celle où il a passé son enfance et sa jeunesse.

C'est qu'il jongle avec l'idée de sa retraite de la poste... Il veut profiter un peu de la vie, qu'il répète à qui veut l'entendre. Si l'idée prend forme, notre ami Jacques aura du pain sur la planche...

Au fond de la grande enveloppe le rectangle bleu d'une autre lettre attend. Elle est adressée à Francis, à Roquambour. Francis ne reconnaît pas l'écriture serrée, fine et nerveuse qu'il a sous les yeux.

Curieux, il entame vivement la lecture de la missive écrite sur papier pelure.

Salut l'Acteur !

Laissez-moi vous donner quelques nouvelles de ma modeste personne.

J'ai découvert, au pied du Canigou, une petite maison. C'est mon ermitage à moi. Je m'y suis retiré à l'abri du préda-

teur humain. J'y trouve plus de confort qu'à Roquambour, je vous l'avoue! Il le faut bien. Je ne rajeunis guère...

De ma maison, j'ai fait une île. N'y aborde pas qui veut. D'ailleurs chaque humain n'est-il pas une île inaccessible? Dans ce monde d'aujourd'hui où la parlotte se donne des airs de conversation et l'agitation s'arroge le statut d'action, je déclare (si le vieux Sully me permet de le parodier un peu) que bavardage et papotage sont devenus les deux mamelles de la France. Et de bien d'autres ailleurs, j'imagine.

En notre ère de soi-disant communications, personne n'ose plus risquer la vérité. Encore moins sa vérité! Nous sommes devenus des illusionnistes. À quoi me servirait alors de vivre près des autres?

Comme vous le voyez, je reste le même...

Déjà, on me juge un peu étrange dans le pays. Cela aura été l'histoire de ma vie. Je tiens justement à vous livrer un autre épisode de cette vie-là pour vous éviter de fastidieuses recherches à la bibliothèque!

À ma sortie de prison, j'ai voyagé pendant quelques mois. Pèlerin agnostique sur les routes de Compostelle. L'espace après le confinement, quoi! Je me suis agité ensuite dans la grande fiesta parisienne. Peu longtemps. Un an tout au plus.

Un jour, l'invraisemblable a une fois encore croisé mon chemin. Cette fois, sous la forme d'un héritage d'un lointain cousin de ma mère, comme si la vie tentait de réparer un peu le vilain tour qu'elle m'avait joué. Ce n'était pas une somme énorme, mais de quoi vivre modestement, avec de la prudence.

Je suis devenu libraire à Bourges où j'avais acheté un petit immeuble. Entre les étagères et les étalages de mon domaine, j'ai vécu heureux, je crois. Je lisais beaucoup et j'échangeais dans l'enthousiasme avec mes clients sur la littérature, l'art, l'actualité, les idées du jour.

Quand mes vieux fantômes me harcelaient, je fermais boutique pour aller raviver la mémoire de mes « vieux amis » de Majou. J'ai toujours eu l'intuition que le trio du café de Sérans n'était pas tout à fait innocent de ce dont on m'avait déclaré coupable... Je savais bien que je n'en aurais jamais la preuve. Mais j'espérais les faire craquer... pour la beauté du geste !

J'apparaissais subitement à la poste, à la boulangerie, au café à l'heure de l'apéro ou dans le vignoble de Jean Malepeyre un matin de vendanges. Je m'encadrais dans la porte de l'église à la sortie de la messe du dimanche ou j'observais, en retrait sous les platanes, les joueurs de pétanque. J'aimais faire peser sur eux mon regard, sentir leur malaise, leur embarras, leur appréhension, quelquefois, leur peur.

Avec les années, c'est presque tout le village qui s'est fait pénitent. On apaisait gracieusement ma soif et ma faim. Grand bien leur fasse ! Je n'ai jamais rien demandé. À l'ermitage, je passais une nuit, quelquefois deux, avant de rentrer chez moi et de reprendre ma vie de libraire affable et grand discutailleur.

Une fin d'après-midi d'été, il y a presque trois ans, un client que je n'avais jamais aperçu s'est présenté. Curieux de tout. Cultivé. La quarantaine largement entamée. Les tempes presque blanches. Nous avons parlé jusqu'au moment de la fermeture quand il m'a fait une offre alléchante pour la librairie. J'ai cru avoir trouvé le fou qui, comme moi, était capable de commercer sans rechercher d'abord le profit. Je lui ai vendu l'immeuble. Trop tard, j'ai appris la vérité : le visiteur travaillait pour un promoteur immobilier qui s'est empressé de tout abattre pour construire en hauteur un nouvel immeuble d'une provocante laideur.

Mal dans ma peau de retraité, un soir de désœuvrement, j'ai laissé venir à moi les vieux fantômes. Moi que rien ni personne n'attendait plus, j'eus l'idée de me rendre à Majou et, cette fois, d'y rester plus longtemps pour que leur conscience les secoue vraiment.

Je n'avais prévu ni le froid, ni la neige, ni l'isolement forcé. Encore moins notre rencontre, l'Acteur...

Oui, même dans une vie d'ermite ou d'insulaire, il existe des carrefours. Rarissimes et, de ce fait, précieux. Je vous dois de mémorables moments, l'Acteur, et je vous en remercie. La féerie d'une nuit de Noël. La saveur d'un repas partagé. Le piquant d'une conversation intelligente. L'intimité d'une bienveillante connivence.

Au-delà de vos incessantes questions, que j'ai eu grand plaisir à torpiller, je l'avoue, j'ai capté chez vous un intérêt authentique pour l'être que je suis. Et je n'oublierai jamais, jamais, votre mise en garde lors de notre dernière conversation... Vous m'aurez démontré une généreuse humanité au milieu de l'indifférence et du mépris des autres.

Mais il était temps, pour moi, de crier « Rideau! »

Ma quarantaine à l'ermitage aura agi comme un révélateur. Dans la nuit glaciale des pierres, j'ai pu renouer avec le philosophe que j'avais été et qui s'était perdu derrière les barricades d'un futile mois de mai.

Bizarrement, c'est quand j'ai renoncé à hanter les consciences que la justice immanente s'est enfin manifestée. Je vous le jure, l'Acteur, je ne me suis aucunement réjoui du départ inattendu de Jean Malepeyre. Quoi que vous pensiez, quoi que j'aie pu vous laisser entendre, je n'ai jamais voulu la mort de quiconque. Rien que quelques regrets sincères...

On parle maintenant de grandes festivités pour les mille ans de Majou. Il faudra célébrer, l'Acteur.

Songez-y! Mille ans sur la scène du temps!

Dix siècles d'invasions barbares, de paix éphémères, de haines féroces et de bonheurs fugaces. Des lustres et des lustres d'appartenance, de ténacité, de fidélité à un coin de terre ou à un flanc de montagne. Des centaines de milliers de jours où se sont entremêlées la solidarité et la mesquinerie fratricide.

Des centaines de millions d'êtres humains condamnés à n'être que de piètres figurants aux jeux des puissants, d'obéissants soldats pour les croisades des maîtres, des bêtes aveugles ou aveuglées dans un troupeau de soumis.

Mille ans d'Histoire pour que surgissent, parfois, ici ou là, quelques vrais acteurs et leurs fulgurants éclairs de grandeur. Car l'humanité de l'Homme reste encore à conquérir. Précaire. Fugace. Toujours vacillante. Jamais acquise.

Mille ans, l'Acteur, cela pourrait peut-être réveiller en moi de vieux fantômes…

En attendant, au pied du Canigou, j'écoute chanter le vent d'Espagne.

Votre Berger,
Philippe Gridel